东莞理工学院城市学院科学研究著作基金资助

九十年代中国文论转型
——接受研究的视角

陈庆祝 ◎ 著

中央编译出版社
Central Compilation & Translation Press

目录

序 ……………………………………………………… 刘象愚 1

第一章 解构与建构、接受与利用
——90年代文论转型的话语策略 …………………………… 1
第一节 90年代文论转型的思想背景 …………………………… 1
    一、"转型"与"范式革命" ………………………………… 1
    二、"现代性"终结？ ………………………………………… 4
    三、"反思的审慎的现代性" ………………………………… 8
第二节 90年代文论转型的生成语境 …………………………… 11
    一、90年代的社会和文化的"转型" ……………………… 11
    二、90年代的文学转型 ……………………………………… 13
    三、审美主义文论的困境 …………………………………… 15
第三节 90年代文论转型的话语策略 …………………………… 17
    一、现代文论的生成路径 …………………………………… 17
    二、90年代文论的话语策略 ………………………………… 23
第四节 文化接受中的阐释和接受研究的方法 ………………… 30
    一、文化阅读中的阐释及客观性 …………………………… 31
    二、文化接受的分类 ………………………………………… 38

第二章 文学本质的播散 ………………………………… 40
第一节 后现代在中国及其对文论本质问题的影响 ………… 41
一、貌合神离的复数后现代主义 …………………………… 42
二、选择的意义：我们需要何种"后现代"？ …………… 50
第二节 后现代语境中的"世界文学" ……………………… 60
一、"世界文学"：比较文学的前设目标？ ……………… 60
二、回到原典：歌德和马克思的"世界文学"的内涵 … 63
三、差异性与"世界文学" ………………………………… 67
四、全球化时代的文学/文化交流 ………………………… 71
第三节 解读审美型文论：一个后现代的视角 …………… 76
一、话语中心：真实/幻象？ ……………………………… 78
二、审美型文论的有限性 …………………………………… 82
第四节 本质主义与反本质主义的话语选择 ……………… 87
一、关于"文学的本质"问题的争论与对话 ……………… 88
二、反本质主义能走多远？ ………………………………… 92
三、视角主义与有限本质论：文学理论选择的可能性 … 97

第三章 松动的边界
——文化研究的兴起及文化批评对审美批评的挑战 …… 103
第一节 意味深长的"边界"之争 …………………………… 104
一、盟友的出位 ……………………………………………… 104
二、文化研究与文艺学之争：从几个相关概念谈起 …… 110
三、简短的评价 ……………………………………………… 115
第二节 文化批评对审美批评的补充和拓展 ……………… 118
一、文化批评的政治性诉求 ………………………………… 118
二、文化批评的大众化转向 ………………………………… 121

— 目 录 —

- 第三节　大众文化的中国形态与文化研究…………… 125
  - 一、西方对"大众文化"的界说 ……………………… 126
  - 二、大众文化的中国变体及大众文化研究…………… 132
  - 三、中国的文化研究的限度…………………………… 141

第四章　中国文论身份的想象性建构………………… 144
- 第一节　全球化时代的中国文化身份建构…………… 145
  - 一、"身份/认同"释义 ………………………………… 145
  - 二、文化身份/文化认同为何成为一个"问题"？…… 147
  - 三、全球化时代文化身份的建构逻辑………………… 150
  - 四、90年代的中国文化身份/文化认同问题…………… 157
- 第二节　"失语"与"转换"：中国文论身份的建构努力 … 163
  - 一、"失语"的诊断及对诊断的质疑…………………… 163
  - 二、"失语症"的医治："转换"与反驳……………… 168
- 第三节　文论功能：文论身份建构的逻辑起点……… 173
  - 一、文论何为？………………………………………… 174
  - 二、90年代文论的功能缺失 …………………………… 178
  - 三、"转换"中的错位………………………………… 180
  - 四、文论身份建构的几点反思………………………… 184

结语：文论转型、学术论争与共同话语………………… 187

参考文献………………………………………………… 195

后　记…………………………………………………… 204

序

刘象愚

庆祝的博士论文即将发表,他约我写序,从什么角度切入呢?我踌躇。

庆祝在硕士阶段读的是文艺学,理论是他的专攻,博士阶段转到比较文学与世界文学来,在我的名下,但理论的探索依旧是他的方向,因此,他做关于文论的题目就十分自然了。

由于他这篇论文关涉文论,这使我想到了一些有关文论的问题,或许可以借这篇小序稍微申说一下。

所谓文论,当然是指关于文学的基本理论。记得大学时读以群主编的《文学的基本原理》,好像觉得什么是文学、什么是文学理论之类的基本问题已经弄清楚了,可这些问题现在却又重新成了问题,变得面目模糊了。这好像并非我一人的感觉,不少学人似乎都有同感。什么原因呢?我想大概可以作两面观。

一方面,近二十年来,西方解构思潮风行于世,各种反传统的文学艺术流派大行其道,许多传统的概念包括什么是文学之类都被消解得面目全非,原以为清晰的概念自然就变得朦胧了。譬如,法国学者莫里斯·勃朗肖说,"文学消失了","作者死亡了",一个没有作者、厌弃书本的时代正在到来;罗兰·巴特那篇专论《作者之死》的文章曾轰动一时,广为传播。这些言论的目的显然是要从本质上消解文学。此外，各种非传统甚至反传统的所谓文学样式堂而皇之地登上了文艺的殿堂，譬如那些传统上认为是新闻的、历史的、哲学的、宗教的文本，那些即兴的、杂凑的、拼贴的、毫无章法的、极端的东西都打着文艺的大旗招摇过市，这样，传统的概念自然就发生动摇，甚至混淆难明了。正所谓皮之不存，毛将焉附？如果连文学是什么都弄不清楚了，自然就谈不上文学理论了。另一方面，文学的基本概念像所有的概念一样都是历史时代的产物，必将"质文代变"，与时俱进。换言之，随着时代的变化，文学的一些基本概念不可能一成不变，演进与变化正是其自身内在的需求。事实上，在演进与变化的过程中，并非所有的新概念、新样式都是不好的，没有道理的，譬如加拿大著名传媒理论家麦克卢汉曾预示一个高度电子与信息时代的到来，说纸质的、印刷的文本将完全被电子文本所取代，这一观点无疑相当偏激，但其中显然蕴含着一定的合理因素，传统的印刷文本未必会被完全取代，然而目下人们对电子文本的依赖却大大超出了预期，这也是不争的事实。问题的关键是在变化剧烈的现当代，鱼龙混杂，泥沙俱下，如何区别哪些演变具有创造性的价值，哪些是没有意义的垃圾，则是一件十分不易的事。也许正是这一点，在一定程度上造成了人们在理解传统与创新关系时的困难与混淆。

那么，在这样一个流派纷呈、观念混杂的大语境下，我们究竟应该如何看待文学和文论呢？以我浅见，我们既要看到20世纪新概念、新流派中那些合理的、创造的因素，又不能完全摈弃传统上总体的文学观。譬如关于文学本质、内部构成、外部关系等方面的基本观念恐怕就不能完全丢弃；而关于文学创作是一个作者、作品、世界、读者四极互动过程，以及读者接受和参与创作过程等新观念就值得我们借鉴和吸纳。

文论的发展演变是一个比较复杂的过程，人们对这一点未必十

— 序 —

分清楚，似有必要展开来谈谈。

从亚里士多德以降的两千余年间西方文论出现了两条线索的交织。一条线索以亚氏拈出的"诗学"为本根，形成了所谓"诗学"的传统。这一传统侧重探讨与文学相关联的种种基本原理、法则、方法，强调形上性、普遍性，具有明显的哲学意味，理论色彩很浓。按照"洛布古典丛书"提供的贝克尔标准本，亚氏当初撰写以"诗学"为题的专著时采用的标题是：peri Poietikes。古希腊文的前置词 peri 有"关于"等义，Poietikes 的词根原意为"制造者"、"创造者"，因此，那时的史诗、悲剧、喜剧、抒情诗等体裁通通都是"诗"，而所有有创造性的作者都是"诗人"，因此这本关于"诗"的论著顾名思义就是关于文学的论著；而从此书的实际内容看，peri Poietikes 译为《诗学》可谓名实相当，它所讨论的正是诗、史诗、悲剧等文学类型的基本原理。由亚里士多德开创的这一条"诗学"传统一直延伸到当代，其后重要的论著有贺拉斯的《诗艺》、传为朗吉弩斯所作的《论崇高》、布瓦洛的《诗的艺术》、莱辛的《拉奥孔》、席勒的《论素朴与感伤的诗》、瓦尔泽尔的《内容与形式》、彼得森的《诗的科学》、托马谢夫斯基的《文学理论》、韦勒克等的《文学理论》等多种。

另一条线索是长期以来与诗学纠缠不清的所谓"批评"的传统。这一传统主要关注文学作品的分析、阐释和评价。尽管大量的文学批评著作出现在 16、17 世纪之后，但其本根仍可以追溯到亚里士多德。亚氏在其"工具论"中撰写的《阐释篇》（*peri Hermeneias*）、《前分析篇》（*Analutika protera*）和《后分析篇》（*Analutika hustera*），讨论关于阐释与分析的基本命题，不仅是后世"阐释学"的始祖，也是文学批评的发端。

上述两条线索交叉发展，在不同时期表现出不同的消长态势。一般说来，从古代经中古、文艺复兴至古典主义时期，诗学的传统呈现出强势，这不仅表现为大量诗学著作的问世与影响深远的批评著作尚未出现，而且一般批评家的著述（如德莱顿的《为诗一辩》、蒲柏的《论批评》等）也表现出论述一般理论问题的诗学倾向；而从古典主义中经浪漫主义、现实主义时期直到19世纪末，批评的传统则表现为强势，这两三百年间，似乎再未能出现如亚里士多德、贺拉斯、布瓦洛这样的诗学大师，却出现了大量的文学批评家。然而有一点是共同的，即直到20世纪上半叶，这两条线索始终表现为你中有我，我中有你的相互包容形态，很难截然分离。还有一点特别值得注意，"理论"（theory）这个早在16世纪晚期已经见于英语的名词却一直未能进入文学的视野。换言之，直到20世纪前半期，学界仍旧混用"文学批评"或"诗学"来指称文学理论。

"理论"与文学结缘，应该是20世纪中期的事。1942年，美国学者勒内·韦勒克与奥斯丁·沃伦合作撰写了一部题名为《文学理论》（*Theory of Literature*）的专著，此作将文学研究分作"内部研究"与"外部研究"两大部分，全面、系统地讨论了有关文学的基本问题，可以说是一部当代西方文学理论的开山之作。此作问世后，Literary theory，theory of literature之类的名词不胫而走，被译成多种外国文字，广泛地使用为文学专业的教材，不仅为"文学理论"提出了一个更为通用的名词，而且在一定程度上开启了此后数十年间西方学界的理论大潮。

韦氏等这部扛鼎之作的问世自然不是空穴来风，20世纪初期出现的形式主义、新批评、结构主义和读者反应等文论继承亚里士多德以来的"诗学"传统，一方面强调文学内部结构与形式的研究，强调文学的美学品格与文学性；另一方面又反拨19世纪现实主义文论过分注重时代、历史、社会等外部因素的偏颇。正是20世纪上半叶出现的这些新文论为韦氏等这一著作的出现奠定了学理基础。因此，在一定意义上，新出现的 literary theory 一方面承续了 poetics 和 literary criticism 的传统，另一方面，也显示了自己的特色。

由此，我们不难看出，由于"诗学"与"批评"的长期交织，及"理论"在晚近的加入，造成了长期以来学界将"批评"与"理论"混为一谈的情形。但是，使"文学理论"和"文学批评"在人们的心目中越来越含混的关键却来自近二三十年来的解构主义和文学理论向文化理论转化的那种"文化化"思潮。

七八十年代理论大潮到来之际，理论开始偏离文学轨道，逐渐向社会与文化的广阔领域转向，理论家们关注的焦点从过去的文学转向了文化的各个层面。曾几何时，曾经作为研究核心的文学此刻却仅仅成了理论的一部分，甚至一个并不重要的部分，随着以解构为核心的后结构主义、新历史主义、女性主义、后现代主义、后殖民主义、酷儿理论等成为汹涌澎湃的潮流，形式主义、新批评、读者反应理论等文学性明显的理论流派便渐次处于弱势，"文学理论"这一刚刚活跃了二三十年的新名词便淹没在形形色色的文化理论中了。

文学理论向文化理论的转化自然还有更深层的原因。西方传统中，文学批评从来注重道德、历史的视角，而各种社会批判理论也往往杂糅了文学艺术的考量，如康德的三大批判中特别拈出美学的视角，马克思的社会批判理论也时而建筑在文学艺术文本的分析之上。20世纪上半叶出现的"法兰克福学派"和"西方马克思主义"可以明显看出康德、黑格尔和马克思的影响。1937年，法兰克福学派的元老马克斯·霍克海默在一篇题为《传统理论与批评理论》的文章中首次提出"critical theory"的概念，将"批评"与"理论"结合使用，其所谓"批评理论"的根基自然是康德和马克思"critique"的传统，目的在社会的批判和改造。事实上，法兰克福学派始终是以社会与文化的解放为鹄的的。虽然，这派的主将大都是学识渊博、兴趣广泛的文人，他们的著述中不乏以文学艺术为主要研究对象的批评，如本雅明对波德莱尔和卡夫卡的批评，阿多诺的音乐批评以及关于卡夫卡、瓦雷里、贝克特、巴尔扎克的批评，洛文塔尔对莎士比亚和易卜生的评论等，但总体上看，他们批评的主体却无疑是一种社会和文化批评。深受法兰克福学派影响的"西方马克思主义"以及后现代主义时期其他理论流派中的许多人虽然或从文学艺术的研究起步，或与文学艺术有着这样那样的关联，但他们中大多数人的兴趣最终却走向了社会与文化批判。"critical theory"中"批评"与"理论"的结合逐渐淡化了"文学批评"的传统，终于将"理论"引上了文化理论的不归路。

中国自古有丰沛的文论传统，《文心雕龙》比之于《诗学》可谓毫不逊色。汉语中"理论"、"评论"、"批评"等名词的出现同样历史悠远。但与西方类似，这些名词真正进入文学领域同样是20世纪的事。

20世纪二三十年代，中国出现了一些讨论文学基本问题的书，其中部分是纯引进的，部分是自己编写的，前者如1921年从日文编译的《文学概论》、1935年傅东华译自Theodore W. Hunt的 *Literature, Its Principles and Problems* 的《文学概论》；后者如马宗霍编撰的《文学概论》、郁达夫编写的《文学概论》等，此后的二三十年间，一些前苏联的文论著作也被引入，影响比较显著的有季摩菲耶夫的《文学原理》，毕达可夫的《文艺学引论》、谢皮洛娃的《文艺学概论》等。值得注意的是，这里"文学概论"以及"文学引论"、"文学原理"等名词都是从日文引入的，20世纪20年代，西文中 literary theory 之类术语尚未普遍使用，这也可成为"文学概论"之类术语自日文引入的旁证。

— 序 —

1949年之后,"文艺学"被定为高校中文系的重点课程,60年代初以来在周扬领导下,以群等编写的《文学的基本原理》和蔡仪等编订的《文学概论》作为两种主要教科书统治了高校中文系文艺学课程讲坛数十年。尽管此二书的作者试图构建具有自己特色的文论著作,但其总体框架与内容的编排却明显见出前苏联同类著作的影响,特别是其观念上强烈的意识形态性,无疑是前苏联式的。

综观自20世纪初至80年代的中国文论演化历程,我们似乎可以说,尽管国人力图探索具有中国特色的文论体系,但中国文论却始终处在强大的外来影响下,早期表现为西欧和日本的影响,后期则主要是前苏联的影响,直到80年代西方名目繁多的种种理论流派纷至沓来时,情形才再次发生变化。面对形形色色的新观点、新概念、文学理论文化化的大潮,以及由此而来的所谓"后理论"时代,中国现代文论何去何从?如何在融汇中西传统的前提下构建新的具有中国特色的现代文论体系应当是目前学者们首先要考虑的问题。

庆祝这篇论文讨论的正是20世纪最后10年间中国文论演化或曰"转型"的过程,它将自身置于历时与共时的坐标中。在历时轴上,顾及80年代甚至此前的中国文论;在共时轴上,紧密联系同一时期的西方文论,通过比较的视角,用自己的观点,论述这一"转型"并构建它自身。它所呈示的不仅是作者的学识与眼光,更有作者的睿智与真诚。但愿他的这一努力能为中国现代文论的建设提供某些可用的观念或材料。是为序。

己丑年端阳节于一得堂

第一章　解构与建构、接受与利用

——90年代文论转型的话语策略

21世纪的钟声敲响之际，"90年代"作为20世纪最后十年的标识悄然成为一段回忆，也成为一个话题。或许公元纪年是西方现代性时间的舶来品，它在中国文化时间中的短暂履历并没有给国人带来所谓的"世纪末"情绪。对于专注于现代性追求的中国来说，"90年代"在国家叙事中是"抓住机遇、和平发展"迎接21世纪曙光的前奏，是中国在经济、政治、文化和社会生活各方面更深刻地融入全球化的十年。虽然"90年代"在历史叙事中既不指称一个时代的结束，也不意味着一个新时代的开始，但中国的社会、思想和文化生活却在90年代经历了激烈的巨变，它留下的深深印痕先在地构成了我们的话题——90年代文论的社会历史语境。

第一节　90年代文论转型的思想背景

一、"转型"与"范式革命"

在时间的坐标中，90年代无非指称着20世纪的最后一个十年。

但当用"90年代"作修饰、限定词使用时（"90年代"的思想、学术、文学、文论），则"90年代"无疑指称了一段过去的历史和关于过去的历史叙述。虽然90年代刚刚成为过去，虽然短短十年在文化的历史之流中可能微不足道，但人们仍难以控制历史概括的冲动，把社会、思想、学术等放进90年代这个时间的箱子中，甚至90年代还没有走完，以"世纪末"、"90年代"而命名的各种叙述已然出现。

"90年代的文论"[①]无疑是众多历史叙述的一种，关于"90年代文论"的各种叙述话语可以采用不同的叙述视角。"文论转型"是本书采用的入思角度。"转型"借用了托马斯·库恩在《科学革命的结构》中提出的"范式"理论而又有所差别。这里应做必要的说明。

库恩认为，科学史上具有重大影响的几次科学革命（哥白尼的"日心说"、牛顿力学、爱因斯坦相对论等）的实质就是新的研究范式的确立，新的范式彻底改变了科学共同体的信念和知识观。"范式一改变，这世界本身也随之改变了。……范式的改变的确使科学家对他们研究所及的世界的看法改变了。……革命之前科学家世界中的鸭子到革命之后就变成了兔子。"[②]科学革命之后，"科学家对环境的知觉必须重新训练——在一些熟悉的情况中，他必须学习去看一种新的格式塔。在这样做了之后，他所探究的世界似乎各处都会与他以前居住的世界彼此间不可通约了（incommensurable）。"[③]但库恩认为自然科学中建立的明晰的"范式"以及新旧范式更迭所展现的自然

---

① 本论文中的"90年代文论"一词主要指中国文论在90年代这一时段内的存在，但90年代中国文论的转型又不可能严格限定在90年代，转型不是一个遽然完成的动作，而是一个持续的过程。本书涉及的文论转型的三个主要话题起于90年代，又延续至今。所以，本书在描述"90年代的文论"时，有时又会越过90年代而涉及世纪初的文论。
② 托马斯·库恩：《科学革命的结构》，金吾伦，胡新和译，北京大学出版社2003年版，第101页。
③ 同上，第102页。

科学非累计式的进步,并不完全适用于社会科学和人文科学。"在社会科学各部分中要完全取得这些范式,至今还是一个悬而未决的问题。历史向我们提示出,通向一种坚实的研究共识(research consensus)的路程是极其艰难的。"①库恩显然接受了海德格尔的本体论释义学,而且还做出了一个与传统的科学主义大相径庭的陈述:"在一定程度上,本书确实把科学发展描绘成一个由一连串相续的为传统限定的时期,并间以非累积的间断点的过程,因此其论点无疑有广泛的可应用性。但事情本应如此。因为这些论点原本借自其他领域。"②这些领域包括文学史、音乐史、艺术史、政治发展史以及其他人类活动的历史研究。基于此,库恩的"范式"理论对考察90年代的文论转型具有可借鉴性。但考虑到人文、社会科学中,因学派的争论而建立一种共识的难度的加大和共识的非明晰性,本书将尽可能避开库恩使用的"范式革命"而用"转型"。

"转型"的叙述设定了可以与之相比的一个阶段,借用托马斯·库恩的"范式"理论,这一阶段可以称之为旧范式阶段,这个阶段就是80年代。但历史的间断性从来就不像语言所指称的那样明晰,"90年代的文论转型"只是对90年代文论与80年代文论之间的关系的一种估计而已,在阐述它们的断裂性(转型)之前,对它们之间的延续性作适当的说明也许是必要的。

完全否认90年代文论与80年代文论的延续性是不客观的。从80年代至90年代,中国处于支配地位的主流意识形态,虽然在社会的整合功能上处于调整、弱化和退居后台的过程,但其基本性质并未有太多的改变,甚至在某一时期会出现一定程度的反复或反弹("两手

---

① 托马斯·库恩:《科学革命的结构》,金吾伦,胡新和译,北京大学出版社2003年版,第14页。
② 同上,第187页。

硬"、"两个文明"都是为显示其在场的政治表述)。主流意识形态内核的稳定性对 90 年代的文学和文论的性质具有基本设定的作用:"建设当代的具有中国特色的马克思主义文学理论"并不是失去所指的能指游戏或符号宣示。如果我们的思考仅停留在中国当代文论的这一基本设定上,则 90 年代的文论转型就是一个假命题。但是,按照库恩的观点,"范式"转变会发生在知识领域的不同层次,"范式"转变有的是总体性的,有的只是对某一具体领域才具有革命的意义。因此,讨论 90 年代的文论转型必须进入文论的具体形态。按照"马克思主义的文学理论"的辩证法叙事,当代有中国特色的马克思主义文学理论内在地包含了当代的形态的发展,本文只是把这种包含内在发展的形态称为"转型"而已。

二、"现代性"终结?

90 年代文论的转型,或者说,90 年代文论与 80 年代文论之间的非连续性,在一个多少有点非文学性的层面——对待"现代性"的复杂态度上——体现出来。把"现代性"作为一个范畴引入文论领域应作必要的说明。"现代性"首先是社会学的概念,"它首先意指在后封建的欧洲所建立而在 20 世纪日益成为具有世界历史性影响的行为制度与模式"。[①]从文艺复兴到启蒙运动和工业革命,现代性体现为神学世界观的衰微,人的主体性的张扬,政治、经济、文化等层面的理论化以及市民伦理与现代民族国家的形成。"现代性"概念还包含着另一向度,即指浪漫主义运动以来知识分子对工业化和理性化的持续怀疑与批判。20 世纪后半期以来,"现代性"成为人文社会科

---

① 吉登斯:《现代性与自我认同》,赵旭东等译,三联书店 1998 年版,第 16 页。

学领域使用频率最高的词之一,它也成为文学理论、文学批评和文学史研究关注的焦点。在中国文学研究中,海外学者李欧梵、王德威在80年代初即使用"现代性"来阐释"五四"文学。王德威甚至把中国的"现代性"问题追溯到晚清①。80年代末,国内部分学者提出"重写文学史",用"现代性"(现代化)来统摄20世纪中国文学。"现代性"真正大规模地进入文论领域是在90年代,这主要是因为在90年代文论中"后现代"话语的刺激:当人们谈论后现代时,总是绕不开"现代性"问题,"后现代论述的扩张一再返回现代性问题,触发了重新理解现代现象的需求"。②当然,也有人对在文学研究中使用"现代性"的有效性曾提出质疑,"现代性首先是对文化而言的,而不一定是对文学而言的"③。但我认为,"现代性"在文论领域的扩张有两个合理性:一是20世纪以来,中国的政治、经济、文化的普遍性追求就是现代性。虽然这是一种"在临暴的体验中接受现代性"。④而20世纪的中国文学或自觉或被迫地参与了现代民族/国家话语的建构,政治、经济等制度层面的现代性以审美现代性的形式显示出来。所以使用一个在20世纪中国文学中具有统摄性的概念来描述或研究20世纪中国文学并不是缺乏有效性(当然这也意味着对其他视角的必然遮蔽)。二是从概念的逻辑层面上,只有上升到一个更高级次的概念才可以对纷纭复杂的现象进行化约式的把握,虽然这可能会牺牲细节和差异,但这也许是历史研究必要的丧失。"现代性"可以说某一种程度上就充当了这个更高级次概念的角色。

① 王德威:《被压抑的现代性:没有晚清,何来"五四"?》,见《想象中国的方法》,三联书店2003年版,第3—19页。
② 刘小枫:《现代性社会理论绪论》,上海三联书店1998年版,第3页。
③ 吴弦:《中国当代文化批判》,学林出版社2001年版,第326页。
④ 刘禾:《跨语际实践》,三联书店2002年版,第118页。

对于 90 年代文论与 80 年代文论之间的非连续性关系，文学理论和批评界有一种代表性的观点："现代性终结说"。这种观点认为，从"五四"文学对国民性的探讨到新时期文学的伤痕、寻根思潮，都是"民族寓言的整体话语"，启蒙主义和拯救精神的现代性为文学提供了一种终极价值和梦想。然而，90 年代以后，知识分子不再是话语的中心，人们对以往的启蒙神话和知识分子自身的启蒙功能和文化身份产生了怀疑，告别"现代性神话"成为 90 年代一种普遍的文化思潮，因此现代性终结了。[①] 现代性被取代之后，有两种替代思路：一是"中华性"。这种观点认为，中国的现代性的基本特色是中国的他者化，即中心丧失之后被迫以西方的现代性为参照以便重建中心的启蒙与救亡工程。百年中国的"现代性"就是西方化，因此，解构现代性必须回到中国自身——即中华性。[②] 另一条思路是在一个更狭窄的文学理论范围内，用"后现代性"取代"现代性"。余虹认为，中国文学理论从晚清到 80 年代末，虽然形态各异，但都可归于"现代性"文学理论，它的最基本的两大形态是政治工具主义和审美自主主义，而现代性文学理论依托的是本质论、目的论和决定论的历史理性信念以及客观再现性的语言理性信仰，而这两者在 90 年代的被解构导致了现代性文学理论的解构，从而使中国文论走向解构与建构并存的"后现代状态"。[③] 应当说，文论界在对 80 年代文论的"现代性"认识上并没有太大分歧，虽然有人借用马克斯·韦伯、卡林内斯库的观点，认为"现代性"本身内在地包含了作为政治、经济过程的制度现代性与作为现代主义的前卫美学现代性之间的分裂

[①] 张颐武：《从现代性到后现代性》，广西教育出版社 1997 年版，第 98—103 页。
[②] 张法、王一川、张颐武：《从现代性到中华性》，载《文艺争鸣》1994 年第 2 期。
[③] 余虹：《艺术与精神》，社会科学文献出版社 2000 年版，第 1—27 页。

与冲突。①但"现代性"作为一个包容量极大的语词,对80年代或80年代以前文论的叙述仍有它的有效性。至于能否用"**后现代性**"来概括90年代的文论或思想则值得商榷。在90年代中国的社会、思想、文化中,现代和后现代的因素并存是一个客观的事实。对90年代中国社会的定性很大程度上取决于对二者在社会中所承担的角色的估计和判断,并进而影响对作为90年代文化之一部分的文论性质的判断。

　　90年代中国社会的现代性因素主要来源于现实语境。在现实层面,90年代与80年代并无实质的差异,也就是说,从80年代到20世纪末,中国现实层面(经济、政治)的现代性追求是一个一以贯之的连续性过程,甚至可以说90年代的现代性进程不论在范围、进度和效果上都远远超过了80年代,现代性的追求由政治意识形态主导逐渐转向经济或商业意识形态主导。在当今全球视野的现代性进程中,中国成为其中最大的一处景观。在西方的现代性标准的参照下,中国的经济运作模式、政治民主进程和文化发展依然任重道远,在客观地衡量中国社会的经济发展指数之后(如人均GDP、教育文化水平等),说"现代性在中国是一项未竟的事业"应该不会招致反对。这一切构成了讨论90年代中国思想、文化、学术的主要背景。因此,"现代性"如果不是刻意限制为80年代所理解的线性、因果、历史目的论的"现代性",而是在一个其过程不断发展、其内涵不断开放的现代性上,90年代中国"现代性的终结"论就难以成立。

---

① 汪晖:《韦伯与中国的现代性问题》,见王晓明编《批评空间的开创》,东方出版中心1998年版,第5页。

三、"反思的审慎的现代性"

90年代的文论离不开当代中国持续的现代性追求的背景。"现代性"依然是90年代挥之不去的"情结"。但是，90年代文论中的现代性因素又远非经济和政治领域的现代性追求那样单一而执著。在"现代性"这一叙述框架内，与80年代相比，90年代文论的总体特质可以概括为"反思的审慎的现代性"。它在两个层面体现出来。

第一个层面是思想性反思。90年代文论界的反思从自我反思开始，80年代末的社会变动给文论界、思想界提供了第一次反思的契机。许纪霖认为："这一反思实际是新启蒙运动的必然结果，即使没有突发事件迟早也会发生。不过，如今是以如此痛苦和尖锐的方式提前来临。"[①]90年代初，人文学者开始对自我的政治功能产生了怀疑，开始了一轮在时间和空间上由近及远的自我反思：80年代的启蒙话语、五四时期的激进主义、启蒙以来的西方现代性。"告别革命、放弃启蒙"口号的提出、文化保守主义的出场、民族主义的抬头和"中华性"的提出都是反思的部分结果。但我认为这并不是反思的主要成果。1992年之后经济改革的加速、市场社会在中国的出场为90年代文论的反思提供了第二次反思的契机。如果说知识界（文论界）在80年代末因社会变动而感受到的冲击可能会激发一种悲壮感，那么，市场化、商业化大潮的冲击却导致了知识分子生活的相对贫困化、知识分子身份的边缘化。随着1992年之后"现代性"在中国的迅速展开，知识界（文论界）带着一种对实际物质生存的切肤之痛的感受，开始将反思指向权威话语推行的现代性上。反思包括现代性

---

① 许纪霖：《启蒙的自我瓦解》，载香港《21世纪》，2005年11月号。

话语的本源性问题（如总体性、主体性、目的性、宏大叙事、工具理性、技术理性等）和现代性在中国语境的衍生问题（如自由与民主、社会公正、经济伦理等），并由此爆发了90年代后期知识界的论争。由于论争各方在知识资源、问题意识、学术视野和方法上的差异，论争各方在当代中国的现代性上的共识消失。90年代知识界（文论界）的反思及其结论的不可通约与80年代形成鲜明的对比。80年代文论的反思"更多的是道德的反思，从启蒙思想的外部反思传统文化和现实政治体制，而90年代偏重于知识的反思，反思自己的知识前提，这是启蒙思想的自我反思"。[①]80年代的反思从总体上未涉及"现代性"，而且知识界（文论界）有共同的知识背景；而90年代的反思指向了复杂的现代性，且相互不可通约。简略地说，就文论而言，90年代与80年代的一个最重要的区别，就是从"同一"走向了"分化"。

  第二层面是学术性反思。这一反思主要指向文论在社会话语中的位置、文论与权威意识形态的关系。如果考虑到80年代文论的很低起点和它面对的来自学术内部和学术外部的阻力，那么，就应当对80年代文论的学科化努力和学术成果给予应有的评价和尊重。即使如此，80年代的文论依然是一种政治型的文论。80年代文论的这一性质与80年代中国社会的话语结构有关。中国90年代之前的社会属于政治主导型社会，政治意识形态是社会话语的中心。虽然以70年代末为界的前后两个时期，意识形态的话语内容有巨大的调整，但在权威意识形态对其他社会话语的影响方面，这两个时期其实并无实质的差异。在整个80年代，文论的发展（包括文论内部的论争）始终与政治意识形态保持着同一性，即使看上去很纯的学术问题（如

[①] 许纪霖：《启蒙的自我瓦解》，载香港《21世纪》，2005年11月号。

审美）也有着很明显的政治意味。也正因为如此，80年代文论在社会话语中的"中心"地位既有叙述的成分（只是因为与政治意识形态的关联性而象征性地进入中心，实质上文论从来都无法独立地成为社会话语的中心），也有几分真实。而在90年代，政治意识形态做出了调整，刻意淡化它对社会话语的权威整合功能，更由于市场的全面启动，中国社会进入以经济主导的转型，社会话语进入多元中心或无中心时期。文论因失去了依附的中心而逐渐边缘化，文论界对自身的社会定位多少有些无奈地重新进行调整。文论与现实政治、经济和社会生活的关系由同一转向疏离和错位，并进而通过文论的再政治化和再历史化发展了文论对当下现实（现代性）的反思能力。

90年代文论中"反思的审慎的现代性"特质是一个特殊的混合体："现代性"是它的底层结构，以此显示了90年代文论与当下政治、经济、思想的内在关联和学术关怀；同时，对现代性思想的反思、选择的审慎又带有90年代学术环境中形成的后现代性因子。或者说，在"现代性"的层面上，90年代文论已不是要不要现代性，而是呼唤什么样的现代性的问题。90年代文论的这种混合性折射了中国作为第三世界国家和世界经济最有活力地区之一的双重身份。从90年代文论的具体形态看，"反思的审慎的现代性"只是一个过渡阶段，90年代文论形态的多元化，叙事的个人化都显示90年代的文论远未形成一个共识。因此，用"反思的审慎的现代性"指称90年代的文论转型，并不意味着作为人文学科之一的文学理论的新"范式"的建立。毋宁说，转型后的90年代文论正处于建立共识（新范式）前的危机阶段，这也是本节标题没有直接使用"范式转型"的原因。

90年代文论由"现代性"向"反思的审慎的现代性"的转型涉及诸多相关因素，或者说，90年代文论转型是由文论内部因素和外部因素合力的结果。库恩认为,在成熟科学中,(一些)外部因素在决定旧的范式"崩溃的时机、在认识到崩溃的难易程度以及在特别引起注意而使崩溃首先发生的领域等方面具有重要的意义"。①作为科学哲学中社会历史学派的代表人物,库恩认为即使自然科学中的范式革命都不能仅仅从这一学科内部得到全部说明。自然科学的范式革命尚且如此,那么,文论的转型可能涉及更多也更为复杂的社会历史因素。

促成90年代文论转型的诸多因素中,至少应关注以下几种因素:90年代中国社会和文化的转型;90年代的文学转型;80年代建立的审美型文论的内在矛盾;当代西方各种批评理论的接受和利用。前三个因素构成90年代文论转型的语境;当代西方文论的接受和利用成为90年代文论转型的话语策略。

第二节 90年代文论转型的生成语境

一、90年代的社会和文化的"转型"

90年代中国社会发生了有目共睹的变化,依据各自的立场和利益,思想界对90年代社会转型的描述各不相同(如90年代后期的论争)。通常的描述是,90年代的中国由政治型社会向商业型社会转化。但这种描述高度概括,在有意无意之间似乎又遮蔽着什么。我认为,政治话语在80年代和90年代社会生活中的影响力没有实质的区

---

① 托马斯·库恩:《科学革命的结构》,金吾伦、胡新和译,北京大学出版社2003年版,第64页。

别，区别只是在于 80 年代和 90 年代政治话语培育的经济意识形态的角色和影响力的不同。商业话语是政治话语寻求自身合法化的一种手段。在 80 年代，由于传统政治话语的强大惯性，也由于商业话语刚刚萌芽，政治话语是一切社会话语的中心。90 年代，政治意识形态刻意催生和培育了商业社会和商业意识形态，由于满足了在政治型社会中人们久被压抑的物质性需求和对物质生活享受的想象，商业话语似乎成为弥漫整个社会的主导意识形态。但现实并非完全如此，政治意识形态只是调整了它的策略，低调处理或淡化社会生活的政治意识形态性，却仍保持对社会生活包括经济话语的足够的影响力。因此，如果说 90 年代社会在政治经济层面发生转型，也只能说是由政治主导型转向政治/商业话语二元主导型。

经济——商业性话语作为 90 年代冉冉升起的话语新贵影响了社会成员的价值观念。生活方式的变化影响到文化层面，使 90 年代中国的社会和文化中出现了后现代的因素。当然，最早的经济/商业话语与西方工业资本主义/商业资本主义相伴而生，并不必然和后现代联系在一起。但是，90 年代中国的经济——商业化进程置身于一个经济上的全球化、文化上的后现代主义背景中，因此，社会和文化生活中存在后现代性因素，并不是超前的预测或西方文化的"殖民"。在 90 年代的商业文化氛围中，大众文化的崛起是一个突出的文化事件。什么是大众文化？法兰克福学派、英国伯明翰学派、国外的文化理论家、国内的学者都定义过大众文化，因角度语境、价值评价的差异，大众文化的定义就不同，这里无法详述。概而言之，现代工业、市场经济、大众传媒、都市市民、市场运作，感性消费是大众文化的前提条件。以此为标准，中国的大众文化在 80 年代中期（与港台文化的传入有关）出现，但却在主流文化和精英文化的合围中处于边缘的位置。90 年代的商业文化氛围给大众文化提供了快速成长、从边缘向主流和精英文化挑战的条件。同时，由于跨国资本对大众文化生产的介入和全球大众文化传播的及时性、消费的共时性，90年代中国的大众文化就带有后现代主义的成分。90年代中国社会和文化的转型成为文论转型的第一股推动力量。

二、90年代的文学转型

按照前文对90年代转型文论"反思的审慎的现代性"的定位，"现代性"也可以成为考察与文论转型相关的90年代文学的一个关键词。在西方社会，"现代性"的一个重要表现是现代民族国家的形成，而文学是形塑现代民族国家、构建一个"想象的共同体"的最早也是最有力的媒介。[①] 在20世纪的中国，"现代性"也是中国文学的一个主要话题，而文学的"民族/国家叙事"的变化则反向地折射了文学中"现代性"的变迁。因此，90年代各类文学中"民族/国家叙事"的变化成为我们考察90年代文学转型的一个途径。

按照一种通常的构成性分类，文学可以分为主流文学、精英文学、大众文学。从80年代到90年代，这三类文学中的"民族/国家叙事"显示了不同的变化轨迹。

主流文学是国家权威意志和利益、国家正统意识形态在文学上的代表，是"民族/国家叙事"的主要承担者。在80年代的文学格局中，主流文学一度处于绝对主导的位置，这从80年代的各种文学思潮命名（伤痕文学、反思文学、寻根文学、改革文学）中的政治意识形态色彩即可略见一斑。90年代，主流文学的影响和规模在市

---

① 本尼迪克特·安德森：《想象的共同体——民族主义的起源与播散》，吴叡人译，上海世纪出版集团2005年版，第21—30页。

场的压力下有所减缩，但它有体制的强大支持，如政府对大型文学刊物和文学出版机构的资助、对某一类型的主流文学作品的强力推介、投资大制作的主流影视作品等。所以主流文学依然是"民族/国家话语"的主要承担者，从80年代到90年代，中国社会主义文学性质的同一性主要体现在主流文学承担的新型的"民族/国家叙事"的连续性中。

在80年代中期以后的文学的格局中出现了打破现有艺术规范、思想异质或超前的"精英文学"。由于"精英"一词在中国的特殊语境中似乎发生了语义的偏移，因此人们更多时候叫它先锋文学或实验文学。1985年之后骤然出现的先锋实验文学以其大胆的前卫艺术实验和思想的反叛一度引起公众的关注，也引起部分主流文论家的恐慌。但是，这些先锋文学的叙述背后依然可见"民族/国家话语"的影子。也就是说，先锋文学对现有艺术规范和权威主流文化的反叛，依然囿于时代的局限，限定在"现代性"的宏大叙事中。在90年代，先锋文学开始了悲壮而无奈的衰落，先锋文学（精英文学）发生了两个方向的分化或分流。一个方向是被大众文学收编（或者换一种委婉的说法是先锋文学借鉴大众文学的通俗性、愉悦性）成为"出身高贵"的大众文学。另一个方向是放弃艺术探索和思想反叛，而专注于个人（隐私）叙事、性别叙事或身体写作。无论哪一个方向，民族/国家叙事已然缺席，出场的是后现代美学的平面、断裂、零散、复制和商业消费。

90年代以前，由于中国社会缺乏大众文学所需要的商业环境，严格意义上的大众文学在文学的格局中几乎是忽略不计的存在。大众文学在某种意义上以民间文学的变体形式或改造的形式出现。而民间文学自新中国成立以来已被政治意识形态整合进现代民族/国家的主流叙事之中。①80年代后期,港台地区的大众文学(如金庸的武侠小说、琼瑶的言情小说)以一种暧昧的身份进入大陆。受其影响,中国(大陆地区)的大众文学才开始萌芽。90年代之后,商业意识形态的兴起、政治意识形态对文化/文学的政策的适当调整为大众文学的勃兴提供了适宜的条件。尽管文论界对大众文学普遍持一种否定或批判的态度,②但在90年代的文学格局中,大众文学是一个扩张的存在。我认为,在90年代的社会环境中,中国的大众文学/大众文化刚刚处于起步的阶段,不论是与政治的"合谋"还是对权威、等级的反抗都是相当有限的。所以不应过分强调它们的社会政治功能,而应把大众文学仅仅看做是满足普通人群文化消费的一种文化产品。在这一意义上,大众文学中被政治话语赋予的"民族/国家"的叙事功能逐渐淡化,成为90年代文学家族中后现代消费主义因素最多的成员。

90年代文学中"民族/国家叙事"的变化折射了90年代文学中"现代性"的变迁和后现代性在90年代文学中的出场,并引发了90年代文论的阐释焦虑,成为90年代文论转型的又一股推动力量。

三、审美主义文论的困境

80年代的审美型文论对当代中国文论形态和文艺学的学科化进

---

① 关于新中国成立后民间文学的叙事功能的变化,可参考刘禾在《一场难断的山歌案》中的分析。见刘禾:《语际书写:现代思想史写作批判纲要》,上海三联书店1999年版,第185—223页。
② 如戴锦华在《大众文化的隐形政治学》(载《天涯》1999年第2期)中认为,大众文化/大众文学极易被权威话语或主流文学利用和收编。在一种流行、巨量的符号复制中,大众文学隐形复述着权威意识形态、再生产着新的压抑。这种观点在90年代具有代表性,可以看做是法兰克福大众文化批判理论在中国的影响。

程的推进至今都有不可忽视的意义。但审美型文论从发轫到在文论界成为权威话语，按照最乐观的估计，前后时间不超过十年。审美型文论甚至还未得到充分的展开和成熟就在90年代受到质疑，其原因既有审美型文论内在的结构性缺陷，也有外部语境的制约。

先看审美型文论的结构性缺陷。这种缺陷存在于以人道主义哲学和主体性哲学为基础的西方古典美学与（经苏联到中国的）马克思主义美学的不成功的对接或结合。80年代的审美型文论的建立首先直接借用了西方古典美学的资源，这种美学以启蒙运动的人道主义和康德的主体性美学为基础。李泽厚的《批判哲学的批判》和刘再复的《论文学的主体性》可以说是80年代审美型文论的典型文本。其实，这种古典美学在20世纪初的西方就已经走到了尽头。尽管如此，人道主义和人的主体性在80年代初的中国依然有它切实的意义和价值。但由于从30年代以来中国现代文论中革命性文论的强势话语传统，这种人道主义和主体性美学只能采取迂回的手段在马克思主义的经典文本中寻找合法化的途径。按照审美型文论的阐释策略，马克思主义美学不完全是经苏联到中国的服务于实践（特别是革命实践）的工具主义传统，它还应该包括人道主义的内容，其最集中的体现是《手稿》中关于人的解放的论述。在80年代初期的文论界，不管是审美型文论的倡导者还是反对者都从各自的立场出发对《手稿》进行阐释和解读，在《手稿》发表的半个世纪之后，在东方又演绎了一次"《手稿》热"。但是，审美型文论的演绎策略中有一个难题。如果说"马克思主义是一种人道主义"命题成立的话，这种人道主义是建立在对康德主体性美学的批判和超越上。也就是说，马克思并未把审美和艺术当做人的解放、人的全面发展的实现途径。马克思主义美学是马克思主义政治革命理论的一部分，革命实践性是其理论指归，而且这也为马克思以后的列宁主义、毛泽东思想所继承和发挥。因此在审美型文论中就存在着审美主义与政治实践、形式主义与工具主义的断裂。

再谈80年代意识形态语境对审美型文论的制约。80年代的审美型文论与权威话语的关系存在着两重性：一方面，审美型文论以与权威话语的同一性的形态出现。对人的主体性、自由的张扬，和对人道主义的马克思主义式的阐释，客观上配合了80年代的权威话语为其再度合法化所推行的思想解放和新启蒙运动的策略，因此，在一定程度上权威话语会容忍或需要审美型文论对传统僵化的或失去效用的政治工具文论的冲击。但在另一方面，审美型文论与权威话语又存在内在的不相容性。其根源在于古典人道主义对个性自由、个体解放的抽象化与马克思主义强调阶级解放的意识形态的冲突。因此，如果权威话语认为激进、超前的审美主义将威胁权威意识形态的合法基础时，它就会适当地予以压制。1985年、1987年和1990年三次"清除精神污染和反对资产阶级自由化"就显示了二者的紧张关系。因此，审美主义文论的困境构成文论转型的内部因素。

第三节 90年代文论转型的话语策略

一、现代文论的生成路径

90年代的中国社会和文化的转型、文学的转型、以审美主义为主的现代性文论的困境构成了90年代文论的"前在"语境。在这个语境中，后现代因素的出现使文论与解释对象之间出现了阐释的紧张，同时这一紧张也为文论提供了一次发展或转型的契机。90年代的社会文化语境对文论的转型具有内在的推动作用，对此我们怎么估计都不过分。但是，90年代文论的"反思的审慎的现代性"的转型又不是全靠自身的逻辑发展的结果，而是借助了具有后现代性质的当代西方的文论资源，当代西方文论对90年代的文论转型起到了一种类似催化剂的作用。

这里的"当代西方文论"是指西方20世纪60年代以后出现的各种批评理论：以后结构/解构主义为主的后现代理论、后殖民理论、文化研究等。其实，上述有些批评理论，如后现代主义并非90年代才进入中国。之所以把它们都划入90年代，主要是基于以下两种考虑：一是它们对90年代文论转型的催化作用；二是在对后现代理论的接受过程中，90年代发生了从学术到思想的转化，这种转化与接受者的文化语境有密切的关联。

把当代西方文论的影响确定为90年代文论转型的至关重要因素，这可能是一个危险的命题，特别是从后殖民主义的角度看，这个命题似乎有"文化殖民"的嫌疑。但我认为这不是价值判断，而是事实陈述——这一事实不仅在90年代的文论中出现，在80年代文论乃至20世纪以来的中国现代文论中都曾出现。

如前文所述，现代性及其变体是20世纪中国文论发展中的一条内在线索。如果不把后殖民理论作简单的理解，我们应该承认，在20世纪中国文论的发展中，外来理论资源一直在中国现代文论的更新或转型过程中扮演了一个重要的角色。世纪之初，王国维对叔本华、尼采、康德美学的接受，梁启超提倡的"三界革命"都可以看做是对现代性的朦胧的不自觉的追求，由此开启了中国百年文论现代性追求的序曲。"五四"时期的文学革命略显庞杂地引进了西方形形色色的理论资源，如新写实主义、浪漫主义、自然主义、象征主义、表现主义、新人文主义等。从20世纪30年代到50年代，以

"社会主义现实主义"为圭臬的革命文学理论的资源则直接来自苏联,它可以看做是作为无产阶级革命实践之一部分的现代性追求。60年代的"革命的现实主义和革命的浪漫主义相结合"(两结合)的新型文论可以视为现代性追求的变奏——"反现代性的现代理论",这种反现代性不是对现代性本身的批判,而是基于革命的意识形态和民族主义的立场而产生的对于现代化的资本主义形式或阶段的批判。[①]虽然这种理论具有中国式的社会主义革命实践的色彩,但这种批判在马克思主义的经典文献中就已基本完成,所以依然可以看做是对外来理论资源的借用。80年代审美主义文论的整体建构几乎是回到了"五四"时期对西方现代性文论的全面引进,虽然其中不乏现代性的质疑者(后结构主义在80年就已被介绍到中国),但在80年代的整体语境中,这种对现代性的质疑却被文论界有意无意地忽略。90年代,现代化/全球化在中国充分展开,文论界在一个更广阔的知识背景和多层次的知识结构中反思现代性的局限,这次反思还是借用了西方的后现代理论资源。

从以上对20世纪中国文论略带简约的考察中,我们可以发现,现代文论的生成、现代文论的形态、文论的相关论题无不是一种或多种外来文论资源影响的结果。至此,我们要涉及与中国现代文论的生成路径相关的一个问题,即中国古代文论在中国现代文论的生成中的地位和作用。不可否认,中国现代文论离不开中国古代文论的浸润,但20世纪的中国文论与中国古代文论之间又确实存在一个巨大的断裂。中国古代文论源远流长,自成一体,见证了中国古代不同历史时期文学的发展和辉煌。中国古代文论传统却在20世纪初的文论发展中戛然而止,除了中国历代文论依经论文、缺少创新等原因之

---

① 汪晖:《死火重温》,人民文学出版社2000年版,第50页。

外,①更主要的是它与20世纪中国对现代性的整体追求存在着内在的紧张。在近代中国的背景中,现代性的追求是富国强兵、保种自存的被迫而又不容置疑的选择。在开启现代性追求的"五四"先驱者看来,中国古代文化(文论)不仅难以对中国的现代性追求有所贡献,在某种程度上,它就是现代性的对立面。这无疑是一种文化激进主义的思路,我们可以对"五四"时期的文化激进主义进行反思,但是反思又必须回到历史的语境之中。在"五四"的语境中,文化进化观和文学工具观是我们理解"五四"文化激进主义的前提。

先谈文化进化观。在中国的文化传统中,知识分子(士)作为社会主流意识形态话语的生产者一直生活在一个稳定的文化认同之中。朝代更迭只是政权易手,文化核心依在;异族入主中原,却被强大的传统文化所同化。但近代以来西方的坚船利炮无情地敲开了千年古国的大门,也轰毁了知识分子的心理防线,使他们遭受从未经历的文化认同危机。近代以后几代人通过各种文化本位主义的途径试图修复被冲塌的文化认同。但在"五四"一代的文化激进者看来,这种修复并不成功。文化保守主义从器用到政体的变革的失败从反向促成了文化激进主义的诞生。他们通过对进化论由生物学向社会学的转换,确立了文化的进化观,并在中国文化与西方文化之间设定了一组二元对立的因素:落后/先进、古代/现代、中国/西方。中国文化是古代的落后文化,西方文化是现代的先进文化。这一在今天看来简单而偏颇的结论却在"五四"时期众多的知识分子中成为几乎占绝对的统治地位的观念。在"五四"一代学者看来,中国的传统文化与近代中国的衰败落后、多灾多难具有同构关系。换句话说,传统文化要为落后的现实负责。文化进化论解释了落后的现实,而落后

---

① 有关论述参考余虹的《中国文论与西方诗学》(三联书店1999年版)。

的现实又成为文化进化论的逻辑论据。在这一释义循坏中，古代文论随着它的母体——中国古代文化一起被送进了博物馆。

再谈文学工具论。在与传统决裂的新文化中，文学被赋予了开启民智的重任。在陈独秀看来，旧文学几乎一钱不值，这些"雕琢的阿谀的贵族文学、陈腐的铺张的古典文学、迂晦的艰涩的山林文学"，"其形体则陈陈相因，有骨无肉，有形无神，乃装饰品而非实用品；其内容则目光不越帝王权贵，神仙鬼怪，及个人穷通利达。所谓宇宙，所谓人生，所谓社会，举非其构思所及，此三种文学公同之缺点也"。它们无法开启民智，而且与"阿谀夸张虚伪迂阔之国民性，互为因果"。欲新国必欲革新政治，欲革新政治必革新文学，必须建设"平易的抒情的国民文学"、"新鲜的立诚的写实文学"、"明了的通俗的社会文学"。① 而新的思想文化启蒙是一种大众启蒙，如果要使大众启蒙成为可能，就必须有能与大众交流的工具。因此，革新文学首先要从工具革命——语言革命开始，用白话取代文言。由此，我们看到，在强国的目的论中，出现了为解决工具的系列推导：由文化革命而文学革命而白话文运动。在此背景下，文学遂成为（思想启蒙的）一种工具，而20世纪中国现代文论中的实用主义/工具主义也由此获得了存在的合理性。早期现代文学中"为艺术而艺术"与"为人生而艺术"之争、80年代文论中的审美自主论与实用工具论之争都是工具的类型之争，因为在这一逻辑中，文学/艺术、人（觉醒/解放）都不成为目的。在80年代的新启蒙思潮中有"未完成的启蒙"之说，其论据是"启蒙与救亡的冲突"。其实，在近代中国的语境中，二者并不构成真正的冲突，因为它们不属于同一逻辑层次。

---

① 吴晓明选编：《德赛二先生与社会主义——陈独秀文存》，上海远东出版社1994年版，第69—70页。

救亡是近代以来总括中国现代性追求的最高范畴，而启蒙只能是实现这一范畴的工具或手段，它只能同其他工具在效用性上进行比较。如果通过文学启蒙而新民而新国的缓慢过程满足不了现实的紧急处境的解决，选用另一种效用更好的工具也就不可避免了。

新文学从形式到内容与旧文学断裂，它必然要求文论从内在质素到外在形态做出呼应和调整。而从文论与文学共生互证的角度看，新文学又是新文化、新文论呼唤的结果。在现代文学（新文学）的发展中，文学的使命不断变化，由普遍的抽象的国民性改造、大众启蒙逐渐向更具体的阶级教育、政党使命过渡（文学革命——革命文学），而文论也作相应的调整，其理论的元话语由近代西方的启蒙现代性、人道主义转向马克思主义、列宁主义、毛泽东思想。

20世纪中国的文化选择，新文学的诞生、发展、转向、调整，文论与文学的互证互释都制约了20世纪中国文论对其所承继的理论传统的选择。对中国古代文论传统在20世纪的中断，有人扼腕叹息，有人为延续这千年薪火而对古代文论进行"现代转换"，并汇入90年代海外海内互相呼应的反思"五四"激进主义的思潮中。应当承认，"五四"一代激进的文化选择一定程度造成了传统文化/文论的断裂。其实，"五四"一代大多出身旧学，后人不应怀疑他们做出选择的艰难和脱胎换骨的痛楚。更主要的问题是他们当时面临的是多种选择还是唯一的选择？虽然每一时代的知识分子是那个时代话语的主要生产者，但话语权力最终从属于现实对话语生产的要求。长久以来，中国在西方文化的冲击下，"扰攘不安之象"频发，每经一次冲突，国民即产生一次觉悟，"惟吾人惰性过强，旋觉旋迷，甚至愈觉愈迷，昏聩糊涂"。因此，必须走向最后的觉悟——伦理觉悟，彻底抛弃作为中华文化、政治之本的儒家等级伦理。① 如果说中国现代进程中确曾出现众多的政治激进主义并由此造成巨大的灾难,那么,"五四"一代的文化选择是否必须为这些灾难负责?换句话说,后者是前者的唯一结果还是多种可能性之一?历史永远不可能像设想的那样完美(当然这样说也丝毫不是为历史的罪孽开脱),"五四"启蒙、文化激进主义固然是一个值得反思、修正、完善的工程,但却不是一个可以轻易否弃的工程。②

二、90 年代文论的话语策略

在借用外来资源上,90 年代文论延续了百年中国文论的相同路径。但 90 年代文论与 80 年代及以前的文论又有巨大差异。这种差异建立在一种截然不同的思维方式之上,这一思维方式就是后现代的反思型思维。在后现代的反思型思维方式中,文论重新理解了自身的存在方式、文论与外部世界(政治、经济、意识形态、文化传统)之间的关系。由于反思的路径、反思所依托的知识资源的多样化,也使对上述问题的解答呈现多元化,甚至不可通约。这给表述 90 年代文论增加了难度,不过在与 80 年代文论的比较中,我们依然可以发现 90 年代文论中不同的话语策略:即接受与利用共存,解构与建构共在。前者标示着 90 年代文论在生成路径方面借用当代西方批评理论的策略性变化,后者着眼于 90 年代文论在中国当下语境中的生成方式。

---

① 吴晓明选编:《德赛二先生与社会主义——陈独秀文存》,上海远东出版社 1994 年版,第 30 页。
② 陶东风:《社会理论视野中的文学与文化》,暨南大学出版社 2002 年版,第 118 页。

1. 接受：虽然在意识形态领域出现过一次"反资产阶级自由化"的插曲，但它给文论领域接受当代西方批评理论只带来短暂的影响。因为80年代涌入的西方文论已部分融入中国当代文论中，对西方文论的接受可以以学术化的方式出现。而且，90年代的意识形态环境很快回暖，因此90年代文论从总体上延续了20世纪中国百年文论的生成路径。不过，90年代的接受有两个显著的特点。

首先是接受的同步性。由于几十年的隔绝，80年代对西方文论的引进明显有"补课"的性质。西方数百年以来的文论在短短的十年内几乎全部进入中国，急躁的心态难以避免。罗钢教授曾精辟地分析过"五四"时期接受西方学说的急躁心态。当中国作家和理论家接受某一西方学说之后，"随着了解的深入和视野的扩大，他们很快就会发现，这种学说在西方已是历史陈迹，它的弱点和局限早已暴露无遗。在西方早已出现了取代它的更新颖的学说。于是，在短暂的困惑和茫然之后，中国的作家和理论家们便匆匆告别他们刚刚才接受的理论，向一种更新的潮流走去。……往往是一种西方文艺思潮刚刚才被介绍进来，立足未稳，立即又为新的西方思潮所取代。如是反复，直至赶上当时最新的文艺思潮为止。"[1] 这段分析同样适用于80年代，考虑到20世纪后期西方批评理论的急剧增长和当代学者与"五四"一代学术素养的差异，80年代的急躁可能比"五四"时期更为强烈。90年代文论界对西方文论的接受，虽然不完全排除仍有不断变换西方学说旗帜的现象，但从整体上已略显从容，这多少还应归功于80年代的十年积累，因为当代西方最新的批评理论（后现代理论、后殖民主义、文化研究、新历史主义等）在80年代的文论中都曾显现过或模糊或清晰的身影，这使90年代文论与西方文论之间

---

[1] 罗钢：《历史汇流中的抉择》，中国社会科学出版社2000年版，第279页。

缩短了曾经存在的巨大的历史距离。90年代的中国文论界几乎可以共享当代世界文论的最新成果。跨过这一步，中国文论几乎用了一个世纪的时间，不知是幸还是不幸。

其次是知识细分后的深度拓展。如果说80年代引进西方文论带有跑马圈地的性质，来不及精耕细作，那么，在90年代西方的各种批评理论对中国文论界已无新鲜惊奇可言，从而可以使文论界以学术的视角全面准确地引进当代西方的各种批评理论。90年代的引进过程包括互相牵连的两个方面：一是译介的全面性。不仅当代西方各种批评理论主要理论家的重要著作在90年代翻译出版，而且其内部的争论、质疑或反对的著述也被译介出版，从而再现了一种西方理论的全貌。如后现代主义思潮，1985年詹姆逊在北大的演讲集《后现代主义与文化理论》几乎成了80年代文论界谈论后现代主义的"圣经"。在90年代，后现代主义的不同分支、内部纷争、最新发展以及西方对后现代主义的质疑或批判性专著都有译介。这一过程中，机构（出版社、刊物）所筹划的丛书或专题在文化传递中起了举足轻重的作用。二是译介过程中的研究。90年代的文论界出版了一批西方各种批评理论的研究著作，这些研究依据各自的学术背景、知识兴趣在不同方向上深入拓展，客观上促成了90年代文论的多元化格局。比如后现代主义在国内就形成了不同的阐释阵营。①

2. 利用：文化传递过程的利用指的是外来文化的接受者基于自身语境中的政治目的或文化需求而对外来文化进行选择、过滤、阐释和改造的过程。在这一过程中，接受者关注的并不是外来文化的本义，而是外来文化对自己文化的补充功能，这种文化利用的现象从有

---

① 王岳川：《后现代主义后殖民主义在中国》，首都师范大学出版社2002年版，第35—36页。

文化交往以来就存在。80年代对西方文论的接受过程中也存在文化利用的因素，如对人道主义、存在主义哲学和主体性美学的接受。但80年代的接受是以介绍为主，为的是在尽可能短的时间内赶上西方的最新思潮。90年代的文论界在接受当代西方批评理论时，文化利用的意识已普遍存在，而本土意识、问题意识的自觉是文化利用的标志。

西方的理论有它赖以产生的文化背景、知识传统和现实情境，它们面对和解决的是西方的问题，理论移置之后未必就是中国的问题。比如，后现代主义产生于一个有着几百年的启蒙传统和工业革命的西方的土壤，它反思和质疑的前提是启蒙运动战胜封建神学之后现代性的神话。后现代主义在中国的传播在80年代和90年代都不乏反对之声。当80年代后现代主义思潮进入中国之后，有人以中国是前现代国家为由，认为在中国谈后现代主义是超前"打饱嗝"，但其背后意图则是反对后现代的多元敞开的思维观，从而维护僵化的中心意识话语的立场。而当后现代主义在90年代的文论话语中呈蔓延之势时，有人对后现代对现代性的解构在中国的适用性表示担忧。虽然90年代中国的现代性追求也显露了它的局限，但现代性至少在90年代的中国仍是一个未完成的规划，中国文化传统和现实政治中依然残留着太多的需要现代性去克服的因素，如果无条件地拥抱后现代，则可能会放过真正需要清理的东西。此一反对非彼一反对。因此，这种基于本土意识的接受就是文化利用，这是90年代文化/文论走向成熟的起点。

3. 解构：80年代后结构/解构主义已经进入中国，李幼蒸译注的

《结构主义：莫斯科—布拉格—巴黎》于1980年在国内出版。①80年代国内形成了后结构/解构主义的接受群体，但仅仅限于学术圈内，这一格局延续到80年代末90年代初。90年代初期，由于学术环境的逐渐宽松，国内的解构主义话语从学术中溢出，进入思想和现实，或者说，解构主义以"思想的学术化"方式传播，并逐渐显示出它的介入性质。正如德里达所言："我想那种一般的解构是不存在的。只存在既定文化、历史、政治情境下的一些解构姿态。……解构不是一种简单的理论姿态，它是一种介入伦理及政治转型的姿态。"②英国马克思主义批评家伊格尔顿曾把60年代法国的社会变动看做解构主义思潮产生的社会基础，③80年代末90年代初，后结构/解构主义在国内的大规模翻译、评价、阐释这一跨文化传递个案恐怕不能说与这一时期知识分子的情绪没有丝毫的关联。当90年代知识界以学术的方式言说解构主义对西方的现代性神话的拆解快感之时，我想他们必定不能保证仅仅把这种快感限于某个特定的地域和知识传统。

在文论内部，解构型思维改写了文论的建构方式和文论的研究对象。80年代文论界一度出现创建各种现代美学体系、文论体系的冲动和实践。这类体系试图雄心勃勃地以一个黑格尔式的框架涵盖研究对象的一切规律和所有可能性。这种现代式的思维逻辑把一种

---

① 这本成书于70年代中期的结构/后结构主义的概述性著作80年即在国内出版，这一文化传递的个案让人颇生感慨。一是，当80年代初国内以近代主体性哲学、人道主义为基础的新启蒙还未取得主导话语地位之时，启蒙话语的质疑者后结构/解构主义及其主要理论家德里达、福柯、拉康、克里斯蒂娃就被引进，让人不得不佩服译者的眼光。二是，译者对结构/解构主义术语的准确理解和翻译（如本文/文本、分延、踪迹、本文/文本间性等）几成结构/解构主义的"汉译范式"。三是，后结构/解构主义在80年代的影响仅限于治西方哲学和外国文论的部分学者，与90年代后结构/解构主义的炙手可热形成强烈的反差，文化传递中接受语境的威力可见一斑。
② 德里达：《〈书写与差异〉·访谈代序》，张宁译，三联书店2001年版，第14—15页。
③ 伊格尔顿：《文学原理引论》，刘峰译，文化艺术出版社1987年版，第169页。

理论的人为建构的实质掩藏得如此之深,以至许多人都真诚地相信自己发现了对象的本质或规律,而不是建构了一种阐释。90年代,在后现代/解构主义的思维中,文论家的雄心顿减了许多,很少有人再去创立一个体系,他们时刻意识到洞见之后的盲视,审慎地去阐释一个个小问题,文学理论由大理论走向小批评。

解构式思维也影响了文论对其研究对象的设定。80年代,在俄国形式主义和新批评的影响下,文论研究限于"经典"或"精英文学"的范围,致力于对那些高深莫测的"伟大文学"的独创性、文学的浅层—深层结构和语言细节等进行令人望而生畏的专业解读。这里无意否认这种研究在80年代对僵化的文学工具论的冲击之功,也无意否认文学研究中对作品的精细解读的必要性。正如希利斯·米勒所说:"'下一时期文学批评的任务',将是在修辞学式文学研究(其中以解构批评为近年来最为严格精确)同当前具有不可抗拒的吸引力的文学外部关系之间作作调停工作。"[1]但后结构主义的"文本间性"破除了"作者"、"作品"的神话;解构主义对知识与权力关系的揭示则使人看到文学研究是(知识)权利的呈现活动,即使是文学创作也是掌握符号权力的作家对世界的一种命名。在这一层面上,文学的专业解读与大众阅读、经典/精英文学与大众/通俗文学并无高低贵贱之分。大众文学/大众文化由此途径进入文论的领地。[2]

4. 建构:解构主义是一把双刃剑。晚年的德里达甚至都不承认

---

[1] 希利斯·米勒《文学理论在今天的功能》,见拉尔夫·科恩编《文学理论的未来》,中国社会科学出版社1993年版,第124页。

[2] 90年代围绕金庸出现了一系列颇有象征意味的文化现象:1994年,金庸进入王一川教授主编的《20世纪中国文学大师文集》小说卷;同年金庸被聘为北大中文系客座教授,1997年乐黛云教授指导的博士研究生宋伟杰完成博士论文《金庸小说研究:"文化研究"—"个案"》;1997年杭州大学举办"金庸学术研讨会";1999年金庸受聘出任新组建的浙江大学文学院院长。戴锦华主编的《书写文化英雄》(江苏人民出版社2000年版)设专章对这一文化现象作了详细分析。

自己是解构主义者,或许这位解构理论的始作俑者和传播者看到西方形而上学大厦被解构理论抽掉根基、轰然倒塌之后的一片废墟而顿生战栗。如果这把双刃剑能使解构大师战栗,那么它在中国的情境中的威力也必定会使人产生某种忧虑。实际上,在文论界或知识界,很少有人真正以彻底的游戏或"怎么都行"①的态度去拥抱后现代主义/解构主义,也很少有人会承认现代性的终结,只是比 80 年代对现代性的几近狂热的呼唤和认同多了一份审慎和冷静。李欧梵曾比较中国内地学者和台湾学者对后现代理论的不同态度。台湾学者早在 70 年代就已经很善于引经据典地"玩理论",但争论仅局限于学术界,并不认为会对社会造成什么影响。詹姆逊也认为自己的理论像商品,可以出售,虽然自己的理论的影响力非常大,但不会影响改变社会。而中国内地学者对后现代理论争论得很厉害,且并不是"玩理论",而是非常严肃——这种心态更证明了中国所谓现代性并没有结束。②虽然后现代/解构主义在 90 年代声势浩大,但学者在使用这一思想的武器时也是有所为有所不为。说到底,90 年代后现代/解构主义的传播并未使文论界放弃建构的底线。文学研究重回历史和现实即是一个证明。

  80 年代之前,现实、政治、历史、社会等凭借政党意识形态的力量一度成为文学研究的主要话题。80 年代之后,在政党工作重心转移的语境中,文论以文学的审美之维长期被压制的悲情和力量,赢得了它原本并不激进的研究领域和研究视角。但纯粹的审美追求、纯粹的形式研究由此也遗落了大片同样本应属于它的领地——文化政

---

① 费耶阿本德的"怎么都行"是在一种确定的语境中对现代性的同一性思维的批判,它有科学方法论的内涵。而国内有人在道德的层面引用它作为对后现代的批评。这或许是一种"误读"。
② 李欧梵:《当代中国文化的现代性和后现代性》,载《文学评论》1995 年第 5 期。

治、历史、现实。文学毕竟无法完全脱离与社会、历史的关涉性,也不能无视自我或群体在各种权力交织的社会中的处境。因此,文学研究应"回到更富于同情心和人情味的工作中来,论述权力、历史、意识形态、文学研究的'惯例'、阶级斗争、妇女受压迫的问题、男人女人在社会上的真实情况及其在文学中的'反映'。"[①]文论/文学可以不关涉政党政治,但不能脱离政治;文论/文学可以不参与操作的政治,但不能在文本中回避政治。因此,90年代文论在经历了80年代一段纯文本的解读之后,似乎绕了一个大圈又回到文化、政治和现实中。但这决不是重复,而是以一种更介入又更疏离的立场完成了文论的重新历史化和再度语境化,文论行走于解构建构之间。90年代文论成熟了许多。

第四节 文化接受中的阐释和接受研究的方法

中国当代文论与西方当代文论在90年代的相遇是一次跨文化的交流,但由于交流双方所掌握的话语资源的差异,所谓的交流其实只是一种单向的接受,这一单向接受的格局在90年代后期才有一定程度的改观。如果把当代西方文论看做是一个"文化文本",那么90年代中国当代文论与当代西方文论的交流实质就是90年代中国文论界对当代西方文论这一文化文本的"阅读"。由于当代西方文论的复杂性、各种文论之间的不可通约性、各种文论内部的张力,这就使90年代的跨文化阅读成为一次对异文化的复杂的文本意义的探秘;

---

① 希利斯·米勒:《文学理论在今天的功能》,见拉尔夫·科恩编:《文学理论的未来》,中国社会科学出版社1993年版,第122页。

又由于 90 年代中国社会文化语境构成了复杂的意义探究的"前见",使这种阅读的结果不可避免地会出现对当代西方文论这一复杂文本的偏移、修正、补充、置换和改造。或者说,在 90 年代文论的跨文化阅读中,文化间交流中的"误读"现象成为 90 年代转型文论研究的一个不可回避的话题。但"误读"一词过于笼统,它先在地设定了一个对异文化的"正读"或"正确的理解"。有时,"误读"可以成为跨文化阅读的支持者和反对者共同使用的论据,使双方之间的对话成为一场没有交流、没有结论的论辩游戏,也使对 90 年代转型文论的研究既难以标示出切实的行进路标,同时又遮蔽其中确曾出现的失误。因此,从接受的角度,对 90 年代跨文化阅读中作为接受者理解、阐释之结果的误读的分析,对基于不同目的的误读、误读的种类及其产生的历史语境的分析,就成为当代西方文论与 90 年代的文论转型研究中的一个重要话题。

一、文化阅读中的阐释及客观性

90 年代中国文论对当代西方文论的接受首先涉及对西方文本的阐释以及阐释的客观性问题,当代西方阐释学的推进也许能为跨文化阅读中复杂的误读现象提供一个方法论基础。

阐释学(hermeneutics)在西方有古老的传统,对当代人文学科以及跨文化阅读中的阐释有启发意义的是现代阐释学。德国宗教哲学家施莱尔马赫(1768—1834)和生命哲学家狄尔泰(1833—1911)完成了古典阐释学向现代阐释学的转换。在他们的手中,阐释学由神学研究(《圣经》研究)的一个分支转变为具有方法论色彩的人文学科的一般方法。

施莱尔马赫首先关注的是有效解释可能性的条件是什么。他认为，阐释的目的是达到知识的客观性即真理。因此，作为方法论的阐释学应遵循两个规律，或满足两个要求：第一，对文本和语义的理解必须掌握作为文化共享资源的语义规则（语法解释）；第二，读者必须经过心理上的转换而进入作者的内心，才能达到真正理解文本中包含的作者的原意和个性特征（心理学解释）。而他更看重的是第二种类型的解释，即把阐释的重心由被理解的文本转向理解本身。他认为，人类自身的发展史即是一种不断延续的理解进程，虽然有时空的变化、人与人之间有秉性品质的差异，但人都具有一般的人性，能通过进入或重建别人的创造过程，达到与别人的交流和理解，进而更好地理解自己。

狄尔泰批判地借鉴了 19 世纪德国的历史主义思潮，从经验、历史与人生的关系入手，认为经验对历史乃至整个人生始终保持着活力与意义，与人的内心有着超越观念的沟通，因此，对于历史和文化文本的解释，不是在研究一个已经逝去的对象，而是在研究和理解我们自己。狄尔泰对阐释学的推进表现在三个方面：第一，理解不同于说明。说明是自然科学的方法论，理解才是人文学科的方法论。第二，历史在人文学科中具有至关重要的地位。因为人源于历史，理解自己必须理解历史，理解历史是为了理解自己。第三，在历史与人生中，最重要的是经验。因为经验是生命存在的形式，它保存在历史当中。解释和理解是一种从生命到生命的运动。如果说施莱尔马赫的阐释学在建立人文科学研究一般方法论上还没有达到自觉的程度，那么，狄尔泰则是自觉地在历史、哲学、文学等人文学科中建立一个可与科学方法相抗衡的独特的研究方法——阐释学。因为在狄尔泰的面前，存在着一个来自自然科学和实证主义的强大挑战。自启蒙运动以来，自然科学取得了突飞猛进的发展和有目共睹的成就，这使得人们自然而然地把科学方法看做是普遍有效的。其他学科包括人文学科如果采用同样的方法，不是可以取得同样的效果吗？或者说，人文学科没有取得自然科学同样的进步，正是因它的方法不够科学。如果运用了自然科学的方法，那么它也能取得像自然科学那样的进步。而19世纪在欧洲各国流行的一股强大的实证主义哲学更是推波助澜。实证主义认为，科学方法可以运用于一切学科，它是科学研究的普遍方法，科学的统一性就在于方法的唯一性。法国实证主义哲学的代表人物孔德首次把自己的哲学叫实证哲学，并认为"科学的"是一切哲学的基础。面对自然科学发展的事实和实证主义的巨大影响，狄尔泰提出了一个小小的异议：自然科学与人文科学的对象不同，仅有自然科学的方法是不够的，人文科学要有自己的方法——阐释学。换句话说，狄尔泰希望这个方法在人文学科中完成的是实验方法在自然科学中所做的同样的事，即达到知识的客观性。但是，狄尔泰的阐释学也存在一个难以克服的难题。如果阐释学把恢复文本原意的客观知识作为自己的最高目标，那么，"阐释学的循环"不仅存在于整体与部分的关系中，而且存在于人的理解与他的经验的关系中。即，一方面文本有待于解释者的解释；另一方面，解释者只能理解他的经验准备让他看到的东西，解释者总是根据他的经验（前理解）来理解和解释对象。或者说，理解与经验的循环就是人的存在的有限性和历史认识的无限性的矛盾。也就是说，如果阐释学限于客观知识的认识论和方法论领域，那么这个阐释的循环就会使阐释学的目标——科学性、客观性——永远难以实现。

　　海德格尔和伽达默尔对阐释学的本体论的改造使阐释学跳出了"阐释循环"的陷阱。这场改造的关键在于对"理解"和"解释"的重新设定。海德格尔认为，哲学的任务是探索世界的最高本原——"在"（存在、本在、彼在）。"在"是不可定义的，不能把它归结为任何现成的确定的东西。但人可以在"此在"中来询问"在"的意义，通过对此在的意义的理解和解释，追问"在"的意义。这样，人不是通过理解去认识什么，而是通过理解而存在着。理解不是人的认识方式，而是人的存在方式。在此一追问中，既然理解和解释的目的不是为了去把握一个事实、追寻一个不变的文本意义，那么作为此在的前提和出发点的解释者的局限性（主观性、偏见、前理解）就成为人在此在中的存在方式，因而也就不是一个消极的存在而是一个积极的存在。在历史中，人通过每一次的阐释而理解自身，而这种阐释又将作为进一步阐释的基础，不断循环，从而敞开人的存在的潜在性和可能性。由此，认识论中消极的"阐释循环"转变为本体论中积极的"阐释循环"。

本体论的阐释学对跨文化阅读中的理解和解释无疑有诸多的启示意义。跨文化阅读或文化交流包括自然科学和社会科学、人文学科之间的交流，而哲学阐释学为人文学科的知识客观性问题从而也为人文学科的合法性开启了一个崭新的思路。长期以来，自然科学的知识客观性标准和研究方法几乎成为人类探索外在世界和内在世界的物质活动和精神活动的唯一范式。在自然科学以它自己的衡量标准所取得的巨大成就面前，人文学科备受压抑、质疑和排挤，只能忍气吞声。狄尔泰参照自然科学的"原型"，只是小心翼翼地提出人文科学的一般方法，所以在狄尔泰的眼中，文学、史学、哲学只是需要确立自己研究方法的人文"**科学**"，而不是与自然科学遵循不同"**范式**"的"**学科**"。

但是，如果按照波普尔的观点，所谓的客观知识就是可以证伪的知识，而人文学科的知识既不可证实也不可证伪。按照这种观点，人文学科就与客观知识无关，这就从根基上抽掉了人文学科的合法性。但当代科学哲学（库恩）的研究表明，自然科学中所谓的"真理"（客观知识）并不是纯粹的，它完全需要一套本体论（范式）的预设,也受时间、地点、环境的因素影响。在一个常规范式时期,自然科学中的某些知识是依靠暂时永远无法验证的特设假说来维持范式的稳定性(按照库恩的观点,这并非全是消极因素),从而也不可证伪。也就是说,自然科学知识的"客观性"也是大有问题的。哲学阐释学的启示是,自然科学和人文学科的**区别**不在于它们的研究对象不同——事实世界与价值世界;而它们的统一也不在于追求知识的客观性(自然科学的有些知识是相对的,换个说法,有时也不是客观知识)和方法的统一性,而是在本体论——人的此在存在的层次上,它们都是人类实现自己可能性的记录。①

但是,哲学阐释学在跨文化阅读中也有它的局限。它对理解的过分强调和对文本蕴涵的意义相对稳定性的忽略,使它带有极大的主观色彩和相对主义成分;它对阐释行为中人的主体立场的强调和对传统阐释学的方法学价值的轻视,不仅使它带有存在主义气味,而且有着一定程度的以主体的意志去消解历史的成分;它没有对理解者的权利加以有效的限制,也没有对意义的生成语境和范围作出有说服力的描述。诸如此类的问题的存在,必然给阐释的随意性和理解上的相对主义留下空子和借口。意大利符号学教授、作家艾柯曾提出"过度阐释"的概念以试图消除哲学阐释学的部分局限。他认为,我们可以——而且确实能够——确认出哪个阐释是"过度"的阐释,而不必花费精力去证明另一个阐释为"合适的"阐释,甚至不必依赖于认为一定存在着某"一个"正确阐释的任何理论。②作者意图虽不能作为阐释的标准,但作品意图应得到应有的尊重,读者的权力不能无限扩展。文学文本的目的就在于产生出它的"标准读者"——

---

① 本小节关于阐释学的分析参考了张汝伦的《意义的探究:当代西方释义学》(辽宁人民出版社1986年版)。
② 艾柯等:《诠释与过度诠释》,王宇根译,三联书店1997年版,第11页。

那种按照文本的要求、以文本应该被阅读的方式去阅读文本的读者，尽管并不排除对文本进行多种解读的可能性。①

我们再回到当代西方文论与90年代中国文论转型的话题上。90年代中国文论对当代西方文论的接受和利用可以看做是一次跨文化的阅读，从阐释学的角度对跨文化的阅读以及阅读中的"误读"的研究就会遇到一个无法回避的问题：跨文化阅读中的"误读"是合理阐释还是过度阐释？不同的回答会形成两组问题。第一组问题是：如果"误读"是合理阐释，即是承认误读的合理性，它就要面对两个反问——1. 跨文化阅读是否不关涉知识的客观性？2. 如果误读是基于实用，如实用主义者罗蒂所倡导的阐释就是以获得乐趣为目的的使用，那么阐释或跨文化阅读又如何避免非理性主义？第二组问题是：如果确认误读是"过度阐释"，即是否认误读的合理性／合法性，这同样会牵出两个问题——1. 如何处理阐释、理解的历史性和创造性？或者说如何评价文化交往中对接受者的文化更新产生促进作用的文化利用的历史存在？2. 否认"过度阐释"，如何避免文本阐释中的（学术）权力以及不同文化关系中的文化话语霸权？

对上述两组问题的回答似乎会陷于一个悖论之中，但是，如果对跨文化阅读的目的进行分类，并分别使用一般阐释学和哲学阐释学的原则，上述问题的解答可能会走出悖论。

跨文化的阅读有不同目的，阅读中会出现不同类型的误读，应对误读作具体的分析。就目的和功能看，存在两个层面的文化阅读：学术性阅读和实用性阅读。相应的，阅读中会出现两种可能的误读：无意误读和有意误读。学术性阅读以对知识的客观性追求为目的，由于语言或文化背景的障碍，这一类阅读中的误读属于无意误读或技

---

① 艾柯等：《诠释与过度诠释》，王宇根译，三联书店1997年版，第12页。

性的误读。随着学院体制的普及、专业知识的丰富和教育交流(如培养出学贯中西的学者)的增加,这类技术性误读完全可以消除,即使偶尔出现,也容易及时纠正。假如我们承认不同人群(或使用不同语言的民族)之间存在着最低限度的交流可能性,那么不同文化之间的准确理解和阐释是可以实现的。也就是说,如果不计学习成本,不同文化之间在**技术层面**不存在理解的难题。实用性阅读以实用为目的,阅读过程中会出现无意误读和有意误读。如前所述,无意误读可以消除,而有意误读不属技术性的而是思想性的。这就使文化交流变得复杂。为了叙述的方便,把两种文化交流过程中接受的一方可称作**受地文化**,被接受的一方可称作**源地文化**。受地文化对源地文化的接受既取决于源地文化本身的可阐释性,更取决于受地文化的现实语境。如果说学术性阅读遵循客观性、真理性原则,那么实用性阅读遵循的就是现实性、有用性原则。受地文化接受外来文化过程中的实用主义取向不可避免地会对源地文化进行"误读"——改造、变形乃至创新。在这一意义上,可以说,文化交流并不包含真理性、客观性的诉求。甚至可以说,实用性文化阅读无所谓"误读"。[①]在东西文化的交往中,既有西方对东方的误读,也存在东方对西方的误读。这种基于受地的文化语境对源地文化的思想性误读或有意误读,在学术性交流发达的当代仍然会存在,甚至永远不会消失。学术性交流保持了源地文化的本真性,但由于仅仅限于学术范围,并没有真正融入受地文化,因而难以在受地生产出意义和行动。实用性阅读可能会遗失源地文化的客观性,但外来文化却进入了受地文化中的思想领域,融入了受地文化——或成为受地文化发展的新鲜血液,或为危机

[①] 严绍璗教授曾在《文化的传递与不正确理解的形态》(见乐黛云、张辉编:《文化传递与文学形象》,北京大学出版社1999年版,第131—140页)中使用"不正确的理解形式"代替"误读"。

的受地文化提供新生的转机,从而在受地生产出行动和新的意义。①

由此,我们可以对跨文化阅读中的误读(阐释)作一个初步的清理。学术性交流适用一般阐释学的原则。因为学术性交流以知识的客观性为目的,在此过程中产生的误读都是知识客观性传递中的消极因素。在这一文化阐释和理解中,文本的权利或作品的意图应得到应有的尊重,即使在源地文化中某一文本的阐释和阐释标准没有唯一性,以学术为目的的跨文化阐释应该、也能够把文本在源地文化中阐释的非唯一性或复杂性呈现出来。这一要求在资讯发达的当代并不难实现,同时它也为实用性的跨文化阅读提供了知识性的借鉴和参考,从而减少跨文化阅读中的虚无主义和反理性主义的滋生。实用性的跨文化阅读适用哲学阐释学的原则。在实用性阅读中产生的误读可能是有意误读(知其源义而误读),也可能是无意误读(不知其源义而是以自己的前理解为基础的阐释)。但不论是哪种情况,按照哲学阐释学的原则,阐释者的权利是第一位的。阐释者基于自己的历史文化语境,借助一种异质的文化资源及其阐释,敞开了在这一历史文化中"人"对社会、自身及精神活动理解的多种可能性。也正是在这一理解的"敞开"中,文化多元主义、文化间交流的民主性因素也才成为可能或趋势。

二、文化接受的分类

依据对跨文化阅读目的的逻辑分类,中国 90 年代文论对当代西方文论的接受同时存在着学术性和实用性的目的。但在考察 90 年代

---

① 在话语实践中,两种类型的文化阅读的界线并不总是会被自觉地意识到,并且在呈现形态中也总是互相缠绕,但这并不妨碍我们为了研究的需要而对此做出逻辑区分。

中国文论对当代西方文论的具体阅读过程中，二者又不像逻辑分类那样明晰，实际的情况恰恰是学术和实用的缠绕。从时间角度看，学术性阅读常常先于实用性，实用性的文化利用更多的是阅读的最终目的或结果。如果从二者的关系来看，它们大致会出现以下四种情形。1. 纯学术的接受：这一工作通常是由学院内专治西方某一批评理论或理论家的专业学者承担。由于他们所从事的研究专业性强，这一接受大都比较客观，并且与源地文化会有一定程度的对话和交流。2. 实用利用：它的目的就是针对受地文化的实际需要，它并不过多地探求某一理论在源地文化中的精确含义。在这一过程中，外来文化常常需要经过改造、变形或误读。3. 借学术而实用：有时对外来文化借用的真实意图在受地文化的意识形态语境中受到某种限制或是话语禁忌，这时的文化接受就会使用话语转换的策略，以学术的样式出现，从而暂时获得接受、传播的合法性。实际上，这种由思想话语到学术话语的转换策略依然要得到权威意识形态话语的宽容或默许。4. 由实用而学术：如果一种理论在受地文化语境中没有受到限制地接受，或与主流意识形态有某种暗合性，形成人人争说的现象，这时无意误读就会层出不穷。它反过来会促使专业人士对源地文化进行学术性的译介和梳理，从而在实用和学术中共享一种西方理论。

第二章 文学本质的播散

在以往我们耳熟能详的文学理论体系中，文学的本质问题（"文学是什么？"）是一个居于核心地位而必须回答的问题，文学理论的各种体系的建构都是围绕这一话题展开。而文学的本质问题也是范围更广泛的文论研究、文学批评、文学史研究无法绕开的一个话题。在一个后现代的反本质主义的时代，即使不承认文学有一个固定的本质或讳谈文学的本质，文学的本质问题也会作为一个"前理解"影响着我们对文论话题的设定、对文论的思考路径和作为结果的文论形态的建构。因此，90年代中国文论转型研究将首先涉及关于文学的本质这一话题。

建国之后，中国当代文论基于对"文学存在一个客观的本质"的确定不疑的信念，建立了以反映论为基础的"文学是社会生活的反映"的实用主义文论话语模式；80年代，建立了以主体性、人道主义为基础的"文学是一种审美意识形态"的审美主义文论话语模式。但是，自90年代以来（实际上在80年代后期已初露端倪），由于社会文化和文学的转型和裂变，特别是80年代进入中国的西方各种后现代理论在90年代的深度影响，一种反本质主义的思维方式在中国的文论界得以形成，进而开启了对文学本质问题的反思。中国的文论界在对后现代反本质主义的异质理论资源进行适度的改造之后，在文学的本质问题上，先前坚固的单一的文学本质呈现播散之势，一种历史的、相对的、多元的"反思的本质主义"话语开始出现。

本章将90年代以来中国文论中关于文学的本质问题置于后现代理论的视野中,首先讨论西方后现代理论在中国的传播、接受、过滤和改造的过程,强调后现代理论作为一种思维方式或"知识范式"对文学本质问题的影响;然后对80年代建立的文学理论的主导话语——审美型文论和在比较文学领域作为学科合法性基础、学科目标的"世界文学"与总体文学进行个案的解读;最后对后现代思维观照下如何处理文学本质问题提出自己的思考。

第一节 后现代在中国及其对文论本质问题的影响

如果说一度被视为洪水猛兽的西方资产阶级的现代主义(现代派)艺术80年代进入中国曾激起一片片浪花,那么后现代主义[①]就因其在中国视阈中的身份的暧昧性而躲在现代主义的麾下悄悄地进入中国。当新时期引进西学的脚步进入第二个十年,各种新颖的理论退去初时的嘈杂和泡沫之后,在90年代社会转型提供的历史机缘中,后现代主义就突兀地矗立在中国学界的话语实践之中。后现代主义因其对西方知识传统的彻底质疑、对启蒙以来现代性的价值系统的颠覆(一定程度上现当代中国也分享这一知识传统和价值系统),更因其包含了西方后工业社会中令人眼花缭乱的文化现象,经历新时期西学洗礼的中国学界即使以一种最宽容平和的心态,也难以心平气和地接受后现代主义。后现代主义在中国也像在它的西方出生地

---

① "后现代(主义)"这一指称涵盖了各种思潮、理论、文化、社会分期,这里使用后现代(主义)只是一个不得已的策略,后文将对这一指称作简要的梳理。

一样必然会宿命般地引起轩然大波——惊奇、拍手称快、深情拥抱、惊恐、愤怒……只是这一波涛迟来了几年，它已偷偷地溜进中国，似乎已扎根于这新的寄生地，驱逐似乎已不可能，于是乎就争论。

　　后现代主义是一个巨型的大筐，里面装满了形形色色的理论思潮、文化现象；后现代主义又是一只射向历史深处的长箭，串起自柏拉图以来西方前现代、现代的各种知识体系；后现代主义似乎还披着一件意识形态的外衣，表征着后工业的资本主义或晚期的资本主义的社会危机和文化危机，抑或全球化时代西方的话语霸权。现代化建设是90年代中国的"国家叙事"，在这一国家叙事之下，中国又同时存在着前现代、现代、后现代的众多小叙事。后现代主义在中国已经并且将会继续衍生出众多零碎叙事。一句话，后现代主义在当代中国引发的问题恰似一个丛林效应。对后现代主义在中国的传播、接受的心态、语境的制约等作学术史的钩沉远不是本节所能承担的任务，本节首先对各种后现代主义作一个化约式的分类，然后对中国接受和阐释的后现代主义及争论作简要的梳理，最后论述作为思维方式的后现代理论对90年代转型文论中关于文学本质问题的影响及启示。

一、貌合神离的复数后现代主义

　　西方有一位理论家说过，有多少后现代主义理论家就有多少种后现代主义。但对于21世纪的中国，那是西方的事，也是上个世纪的事。后现代主义在西方是否已经终结或寿终正寝、后现代主义在中国是否已经"颓然下场"[①]尚须仔细考究，但随着后殖民理论大师爱

---

① 孟繁华：《众神狂欢——当代中国的文化冲突问题》，今日中国出版社1997年版，第111—115页。

德华·萨义德、当代解构理论大师雅克·德里达的相继去世,朱丽亚·克里斯蒂娃、于尔根·哈贝马斯、弗雷德里克·詹姆逊的逐渐年迈,后现代主义原创型理论家早期的那些具有开拓意义的著述也远离我们多年了,①至少,后现代主义理论已经度过了它的高度扩张和繁殖期,遁入当代各种人文学科之中。虽然不止一个后现代理论家声明拒绝概括,但他们仍将不可避免地被历史化和学科化。况且,中国80—90年代对后现代主义的接受一开始就是在学院内以学术化的形式出现,所以,本文对中国接受的后现代主义作"不太后现代式的概括"就算一个权宜之计了。

把西方自20世纪五六十年代(甚至更早)出现的涉及艺术、美学、各种哲学、文化、历史理论统称"后现代主义",确实让这个概念有点勉为其难。伊哈布·哈山就曾列举了使用"后现代主义"这一概念所无法回避的十个难题。②80年代之后许多后现代主义理论家对"后现代"或"后现代主义"的概念作过许多论述。本文再来重述这个几乎无所不包的概念可能有狗尾续貂之嫌,不过"后现代主义"进入中国本土确实引发了更加复杂的问题和争论,对它进行简要的梳理也是为本文讨论后现代对中国文论转型的影响和使用这一概念及相关的术语做必要的"前期工作"。

国外曾有许多对后现代的区分和定义,使用的术语也不尽相同。利奥塔把后现代定义为对元叙事的怀疑③,在另一场合,他又认为"后现代"包含三个不同层次的意义:第一层是审美意义,指的是二

---

① 王宁:《"后理论时代"西方理论思潮的走向》,载《外国文学》2005年第3期。
② 伊哈布·哈山:《后现代的转向——后现代理论与文化论文集》,刘象愚译,台北:时报文化出版企业有限公司1993年版,第145—151页。
③ 让-弗朗索瓦·利奥塔尔:《后现代状态》,车槿山译,三联书店1997年版,第2页。

次大战后艺术、建筑、绘画中出现的某些风格、范型和表现手法;第二层是思想意义,指的是当今西方思想界对现代思想所倚重的观念(理性、历史、人)的合理性提出质疑;第三层是文化和政治批判意义,指的是当今社会文化批判在可能性和限制性、对抗主体、动员方式、话语争夺等方面出现的新情况和新要求。①凯尔纳和贝斯特在《后现代理论——批判性的质疑》中用"后现代性"一词描述继现代性之后而来的那个假想中的时代,用"后现代主义"描述文化领域内那些有别于现代主义运动、文本和实践的运动和作品。②在书中,他们还区分了极端性后现代理论和重建性后现代理论。极端性后现代理论(鲍德里亚、利奥塔、福柯、德勒兹和加塔利)对现代理论与现代政治作了激进的批判,宣称与现代性和现代理论之间彻底决裂,并呼吁建立适合当前时代的新的理论和政治。重建性后现代理论(詹姆逊、拉克劳与墨非等)则在他们的理论与政治观点中将现代观点和后现代观点结合起来,运用后现代洞见来重建批判社会理论和激进政治。③

在国内,王治河较早从哲学角度对后现代进行研究并分类。他认为,"后现代主义"至少可以从三个层面上加以理解:文学艺术上的后现代主义;社会文化上的后现代主义;哲学上的后现代主义。④在另一篇文章中,王治河认为后现代主义主要有三种形态,或者说存在三种形式的后现代主义:一是激进的或否定的后现代主义(福柯、

---

① 让-弗朗索瓦·利奥塔:《定义后现代》,引自徐贲:《走向后现代与后殖民》,中国社会科学出版社1996年版,第166页。
② 道格拉斯·凯尔纳、斯蒂文·贝斯特:《后现代理论——批判性的质疑》,张志斌译,中央编译出版社2004年版,第6页。
③ 同上,第330页。
④ 王治河:《扑朔迷离的游戏——后现代哲学思潮研究》,社会科学文献出版社1998年版,第4页。

德里达、利奥塔、费耶阿本德等），主要特征是它的否定性，并把激进的后现代主义视为一种思维方式。二是建设性的或修正的后现代主义（罗蒂、霍伊、格里芬），主要特征是建设性——在激进后现代主义开辟的空间中从事建设性的耕耘。三是简单化的或庸俗的后现代主义（詹姆逊），是对前二者的简单化理解，首要特征是坚执现代主义与后现代主义之间的二元对立。①王岳川提出了对"后现代"、"后现代性"和"后现代主义"三个关键词的理解："后现代性"表征出后现代时期文化政治话语的鲜明特征，是在对"现代性"误区的反拨中产生的；"后现代"是一个历史社会概念，指二战以后出现的后工业社会或信息社会；与此相关，"后现代主义"是这一社会状态中出现的一种文化思潮。②史建在《共生·多元·传统——对后现代主义文艺思潮的思考》提出了对"后现代主义"分层认识的思路：1. 晚期资本主义后工业社会的一种文化现象，或曰后现代文化氛围；2. 一种观察世界的认识观念，一种后现代世界观；3. 现代主义之后的文艺思潮和文学运动；4. 一种无中心意义的叙述话语或风格；5. 一种阅读符号代码；6. 一种崇尚语言的游戏；7. 后现代主义不过是对现代主义的一种反应，即原有意义上的现代主义已经过时，并且已经出现了与之不同的新的观念、风格和"语言"的作品。③另外还有把后现代主义区分为积极的和消极的或建设性的和破坏性的，也有人对此持反对态度。还有论者注意到后现代的双重性：批判精神与庸俗气息；认同现实和与之对抗。……

由上述的简单梳理我们发现"后现代"或"后现代主义"确实

---

① 王治河：《论后现代主义的三种形态》，载《国外社会科学》1995年第1期。
② 王岳川：《后现代后殖民主义在中国》，首都师范大学出版社2002年版，第34页。
③ 史建：《共生·多元·传统——对后现代主义文艺思潮的思考》，见张国义选编：《生存游戏的水圈》，北京大学出版社1994年版，第39—56页。

是一个超级的能指，这个术语的多义性也是它在中国学界引起聚讼纷纭的部分原因。英国理论家伊格尔顿对"后现代"的研究和分类比较明晰，在伊格尔顿的分类基础上，我们可以对"后现代"、"后现代性"、"后现代主义"与它们的"所指"作一个指认。1. 后现代主义——美学风格：指最早在艺术领域出现的对现代主义高雅艺术风格的一种反动和叛逆，这种美学范型在二战之前就已露出端倪，在60年代之后的西方消费文化大潮中获得进一步展开。平面、拟像、拼贴、戏拟、复制等是这一美学范型的主要特征。2. 历史分期——后现代（社会）：指60年代以后西方主要资本主义国家进入的一个新的历史时期，它以新的信息技术和跨国资本为标志。在这一层面上，这个历史时期也可以叫后工业社会、信息社会、高技术社会、媒介社会、消费社会、高度发达社会、当下/晚期资本主义社会。① 3. 思维方式——后现代性：指60年代之后法国一批后结构主义思想家创立的知识范型或思维观，他们首先攻击结构主义在以下两方面表现出科学上的狂妄自大：试图创建文化研究的科学基础；追求基础、真理、客观性、确定性和系统性等标准的现代目标。他们使用了尼采、海德格尔对西方哲学的批判和质疑的思想资源，把攻击目标由40—60年代的法国结构主义扩大到西方自启蒙以来的现代性和整个西方知识传统，在80年代成为一股世界性的思潮。上文所引王治河所谓的激进的后现代主义和建设性的后现代主义是其主流。在这一层面上也可称之为后现代社会批判理论或后现代话语。

至此，我们可以清楚地看到，在中文翻译中带有词头"后现代"

---

① 把詹姆逊的"Late Capitalism"译成"晚期资本主义"似乎总会给人以某种暗示：资本主义又一次病入膏肓。就詹姆逊讨论的内容来看，"Late Capitalism"无疑是指当前的、当代的社会文化和艺术问题。有人认为，在这一意义上，把"Late Capitalism"译成"当下资本主义"或"当前资本主义"可能更确切。

的各个组合词组并非是一回事,或者说它们是"貌合神离"的复数后现代。由于它们都有60年代以后西方社会的背景,我们将结合这一背景辨析它们之间存在的三组关系。

首先是作为思维方式的后现代理论与作为历史分期的后现代社会之间的关系。不能说后现代理论与后现代社会没有联系。二战以后西方出现的知识或信息爆炸对旧有的知识体系和分类原则产生了前所未有的冲击,而自然科学的成果如爱因斯坦的"狭义相对论"、海森堡的"测不准原理"、玻尔的"量子力学"既推动了科学研究的范式革命,也动摇了长久以来人们形成的对"客观性"的确信,不确定性成为思考世界的一种方式,它成为后现代思维方式之一。但后现代社会/后工业社会并不必然会产生以后结构主义/解构主义为底蕴和核心的后现代理论。一种思想或理论并不能和社会存在找出一一对应的关系。如果从社会存在的角度,第二次世界大战和"奥斯维辛"可能更直接、更强烈地刺激了后现代理论家,促使他们去揭露人类理性的虚妄、人性解放的谎言、科学进步的神话。如果从西方思想史的角度看,自现代性在西方取得统治性地位以来,西方思想中就不乏对现代性的质疑和批判之声——德国浪漫派、卢梭、尼采、海德格尔、马克思、法兰克福学派等。后现代理论可以说是整个西方哲学发展史上哲学批判和论战中最为全面激烈的一幕。[1]而如果把后现代社会理解成当下资本主义社会,或资本主义进入到全球化阶段,那么后现代理论就是资本主义在后现代时期的批判理论,二者更多的是对立关系。因此,对后现代理论的分析不宜过多强调它是西方资本主义社会危机的表征,把社会存在决定社会意识作机械的搬用。我们或

---

[1] 冯俊:《从现代主义向后现代主义的哲学转向》,载《中国人民大学学报》,1997年第5期。

许可以这样认为，批判性的后现代理论出现在 60 年代与西方社会在 60 年代进入后现代/后工业社会也许只是一个时间上的巧合，某种意义上，二者是名同质异。

其次是美学风格的后现代主义与后现代—后工业社会的关系。依据哈山的考证，文学艺术上的后现代主义在 60 年代之前即初露萌芽。在现代主义文学艺术追求深度、高雅之时，在其内部就出现了对现代主义美学风格的叛逆和反动，这种新的美学风格在 60 年代的激进的"大拒绝"中得到了强化和放大，发展出平面、戏仿、反讽、拼贴等后现代主义艺术的典型特征。[①] 这些美学风格使后现代主义艺术与大众文化具有天然的亲和力，成为后工业社会中的消费主义或商业主义文化利用的资源。所以，后现代主义艺术既有艺术所特有的批判、疏离、颠覆的品格，更有认同现实的庸俗气息。所以，相对于后现代理论，后现代主义与后现代社会之间的关系更为密切。

最后是后现代主义（美学范型）与后现代性（思维方式）之间的关系。后现代主义文学艺术既是对高级的现代主义文学艺术的反动，也是向通俗或大众文化的皈依。它追求美感上的"民本主义"，填平高等文化与大众文化的鸿沟，所谓"消灭边界，填平鸿沟"。[②] 后现代主义艺术的某些风格特征，如能指的游戏、戏拟、挪用可以认为是当代后工业社会技术和文化的产物，而它的平面化、复制等特征实质上是资本主义在工业社会阶段的大众文化或文化工业的延续，不同的可能是复制技术更先进。如果说高级现代主义文学艺术还在某种程度上表现出与现代资本主义社会的疏离，那么后现代主义则更多地显示与当代的后工业社会的同一。而思维方式的后现代理论主

---

① 伊哈布·哈山：《后现代的转向——后现代理论与文化论文集》，刘象愚译，台北：时报文化出版企业有限公司 1993 年版，第 142—145 页。
② 詹明信：《晚期资本主义的文化逻辑》，三联书店 1997 年版，第 424 页。

要是哲学领域的一场"哥白尼式革命",因此,对思维方式的后现代理论的理解应置于西方哲学——反思型哲学的背景中。虽然它试图瓦解西方传统哲学的根基,虽然它比历史上任何一种反思型哲学的批判锋芒更犀利,但它依然是一种哲学,只不过它放弃了传统哲学对第一原理的追寻和对人类能够找到这一原理的虚假自信,用罗蒂的话说,后现代理论是一种"后哲学"。这种哲学决不是拒绝深度,而是追求有限的、时刻保持反思意识的深度。虽然后现代理论家大都涉足文学领域,并且在他们的写作中常常抹平文学与哲学的界限,或者在哲学著述中使用文学性的叙述,以致有"文学性统治"的说法——后现代时期的"人文学术和人文科学中,所有的一切都是文学性的",[①]但是,后现代理论与后现代主义(文学艺术)毕竟不是一回事。如果说后现代理论对现代性进行批判从而终结了"现代性",那也仅仅存在于学理的层面,而当代全球化的浪潮却是现代性在现实领域的新一轮展开,所以后现代理论对现代性的批判的任务远没有完成,或者说在全球化的语境中,后现代的社会批判理论是一个没有结局的"文本政治策略"。从这个角度看,后现代批判理论与后现代主义艺术(特别是具有消费主义和商业主义色彩的后现代主义艺术)之间存在紧张的对立关系。

通过上述的分析,我们发现,同是以"后现代"为词头,其实质却可能貌合神离。美国后现代理论家霍埃评论福柯的一段话对我们理解复数的后现代之间的差异性应有启发:"按照我所提出的后现代主义观,称福柯为一个后现代思想家并不意味着他的同时代人和幸存者同样也是后现代主义者或必须成为后现代主义者。历史的中

[①] 乔纳森·卡勒:《理论的文学性成分》,转引自余虹:《文学的终结与文学性蔓延》,载《文艺研究》,2002年第6期。

断不是同时发生在每一个人身上的,也不是同时发生在所有地方的。同一个人、同一种纪律或设置在某些方面可以是传统的,在某些方面可以是现代的,在另一些方面还可以是后现代的。"①此后现代非彼后现代,此后现代可能是反彼后现代的——后现代的"辩证法"?

二、选择的意义:我们需要何种"后现代"?

晦暗不明的"后现代"牢牢地扎根于中国学界的话语中,但我们需要哪种后现代,或者说哪种后现代可以在中国生产出意义?在回答这个问题之前,依据上文对后现代的分类(如果这个分类可以成立的话),从文化间交流或文化接受的角度首先考察哪些后现代确实进入了中国也许是必要的。

首先是美学风格的后现代,即后现代主义文学艺术。如前文所述,后现代主义文学艺术存在可能的两个向度:1. 对抗现实。这一向度的后现代主义艺术表现出某种程度的先锋性。在中国,80年代后期的先锋文学明显地借鉴了西方(包括拉美)后现代主义文学的艺术方法,不管先锋作家们的模仿技巧是高明或拙劣,也不管80年代的中国社会生活是否存在后现代主义文学的土壤(不同的论者都可以在中国的复杂现实中找到自己的证据),总之,"后现代"文学在中国确实出现了,即使十几年之后再读这些作品,依然可以确认它们具有某些后现代主义的美学风格。2. 认同现实。这一向度的后现代主义艺术以大众文化或消费文化的形式出现。尽管法兰克福学派、伯明翰学派和当今弥漫世界的文化研究对大众文化的性质众说纷纭,

---

① 霍埃:《福柯:现代抑或后现代?》,转引自王治河:《扑朔迷离的游戏》,社会科学文献出版社1998年版,第6页。

但随着90年代中国更深地融入世界经济体系，后现代主义性质的大众文化进入中国已成不可阻挡之势。如果说大众文化对文学（主流文学、先锋文学）构成冲击，责任也不在后现代主义艺术本身，是90年代的经济浪潮为大众文化的疯狂生长提供了最肥沃的土壤。

其次是历史分期的后现代，即后工业社会。这一层面的后现代属于现实领域而不是文化领域。[①]它是一个必须用经济、技术、社会发展的指标衡量说明的范畴，比如人均GDP、可支配收入、第三产业的比重、教育普及程度、通讯、交通……如此，可以认定后工业社会是地域性的，专指西方某些发达社会。处在不同的总体发展阶段的社会之间是无法互相进入的，虽然第三世界、欠发达社会可以学习、借鉴或赶超，但这需要一个过程甚或是漫长的过程。在这个意义上，80年代以来，中国的主流权威话语呼唤的恰恰是"现代"，实践运作的目标也是达到中等发达国家的水平。因此，在这一意义上，"后现代"并没有进入中国，后现代不是仅靠文化交流可以实现的。

第三是思维方式的后现代，即后现代社会批判理论。后现代社会批判理论既有在西方语境中的现实针对性——西方二百年来现代性的充分展开和现代性的弊端，同时它也开启了一种新的思维方式和知识态度。后现代批判理论更深刻、更有价值的维度可能是后者。80年代，后现代社会批判理论溢出欧美、泛滥于世界即是一个明证。因为，作为一种新的知识范式，非发达社会和发达社会将面临同样的问题——思考人类可能性的生活。思维方式的后现代理论（后结构主义、解构理论）在80年代已被译介到中国，90年代才真正进入中

---

① 这里和下文使用的"文化"含义借用了雷蒙·威廉斯对"文化"的三层界定中的一种："用来描述关于知性的作品与活动，尤其是艺术方面的。"它包括音乐、文学、绘画与雕刻、戏剧与电影，还包括哲学、学术、历史。参见雷蒙·威廉斯：《关键词——文化与社会的词汇》，刘建基译，三联书店2005年版，第106页。

国。译介与进入有一个区别：译介仅限于学术，进入则渗入思想。

后现代确实进入了中国，只是后现代这一异质文化在中国语境的接受中也同时伴随着"误读"和争论——既有技术性误读，也有实用性误读；既存在学理意义的有价值的争论，也有非学理意义的无谓争论。而不同的误读又引发性质不同的争论。概括地说，中国对后现代的接受存在两方面的误读。

第一方面的误读是以偏概全。这一误读可以从中国对詹姆逊、德里达的接受以及二人在中国不同时期的影响这一个案中体现出来。詹姆逊以其对后现代主义文化的阐释成为中国语境中后现代主义文化的"传教士"；①德里达以他独树一帜的"解构"理论成为国际视野中后现代批判理论的一种"隐喻"：后现代社会批判理论的基础是后结构主义，而后结构主义的核心又是德里达的解构理论。但他们著述在国内的译介、影响以及到中国的讲学频率却形成意味深长的反差。

詹姆逊1985年来到北京大学进行为期半年的讲学，演讲稿《后现代主义与文化理论》1986年由陕西师范大学出版社出版。或者是因为出色的演讲技巧、或者是因为演讲内容的通俗易懂、或者是因为当时中国的接受语境的关系，总之，获得了巨大的成功。整个过程可以看成后现代在中国的一个"事件"——后现代进入中国的一个"传教仪式"②，《后现代主义与文化理论》一段时间内成为中国关于后现代的"经典"读本。从此，复数的后现代在中国就简化为后现代主义的艺术风格。此后，詹姆逊几乎每年都到中国讲学，国内对他的著作的翻译几乎与其著述的出版同步。詹姆逊的新马克思主义理

---

① 有论者指出詹姆逊并不是后现代主义文化艺术的拥护者，而是它的批判者或阐释者，中国对詹姆逊的身份也出现了"误读"。

② 陈晓明编：《后现代主义》（导言），河南大学出版社2004年版，第2页。

论家的身份、站在第三世界的角度对资本主义世界进行批判的政治立场，这些因素对中国的接受者来说，既有意识形态的安全感，又有一种天然的亲近感。

德里达的"解构"理论在1980年就与其他后结构主义理论家的理论一起来到了中国，①但并没有引起反响。这或许是解构理论对80年代的中国来说实在是太超前了——1980年国内现代性（现代化）的声音还很微弱，谈何对现代化进行批判和反思？在很长一段时间里，国内没有德里达著作的完整译本，直到90年代末期德里达的著作才鱼贯而出。②在德里达的思维中，中国文化或中国汉字可能具有特殊的意义。但不知什么原因，这样一位对中国文化有亲和感的思想家在中国的讲学直到2001年才成行，三年后（2004年10月）德里达病逝，大部分中国学者几乎错失了与解构大师对话、向解构大师学习的机会。

纵观二十多年国内对詹姆逊和德里达的接受过程，可以发现其中依次出现的误读。在80年代初，国内把詹姆逊介绍的后现代主义（美学风格的后现代）指认为后现代的全部，准确地说把后现代主义艺术中大众文化的一维当做后现代，这属于技术性误读。技术性误读一般出现在对异质文化接受的初期，由于资料、语言、文化的限制，这类误读常常发生，由于技术性误读属于无意误读，所以它并不能在接受者的文化中生产出"意义"。但是，对后现代的简单化理解延续到90年代后期，技术性误读就转变为实用性误读（有意误读）。因为，以后结构/解构理论为底蕴的后现代社会批判理论对本质、基础、

---

① 李幼蒸翻译的《结构主义：莫斯科—布拉格—巴黎》1980年由商务印书馆出版，其中介绍了德里达的解构理论。
② 根据笔者统计，1997年以后，国内翻译出版了德里达的著作和国外研究德里达的专著共21部，国内研究的专著和文章则更多。

真理、权威、历史进步的质疑和批判与 90 年代中国追求现代化的"国家叙事"存在着内在的紧张。这一层恰恰成为延续 80 年代对德里达误读的主要原因。20 世纪末中国学术界就现代性、中国语境与西方语境、价值观念、自由与民主、社会公正、经济伦理、民族主义等一系列涉及中国改革的重大问题展开激烈的论争,而论争涉及的话题或多或少与国内学术界对后现代的理解有关。

第二方面的误读是混淆这不同层面的"后现代"。如前文分析,后现代主义艺术(美学风格)、后现代批判理论(思维方式)与后工业社会(历史分期)之间没有必然的一一对应关系,在它们之间存在许多错位。而中国接受"后现代"所产生的这一层误读恰恰是因为没有区分作为社会发展阶段的后现代(西方后工业社会、当前资本主义社会)与后现代艺术、后现代批判理论的界线,并机械地理解文化①与现实的关系。这类技术性误读引发的争论,最典型的就是仅仅把后现代理解为社会的发展阶段:后现代的支持者或者在东部沿海和中心城市寻找证据、或者说"后现代"会发生变异从而落户于第三世界/中国;反对者的证据则来源于权威话语对中国发展阶段的定位(初级阶段)和中国中西部地区大量存在的贫困人口。论争双方言之凿凿的事实和烦琐的论证掩盖了论争的误区,使论争成为无法向深度拓展的毫无意义的论辩游戏。

至此,或许可以对中国接受后现代(在三个不同的层面上)进行简要的价值辨析和清理。我想这种辨析和清理应包括两个层面。

一是理论与现实的关系。人们经常把中国引入"后现代"与中国语境中某些已经存在的"后现代"现象挂钩,以此为"后现代/主义"进入中国寻找某种合法性,这在 80 年代引入"现代主义"时也

---

① 前文引用的雷蒙·威廉斯定义的"文化"。

出现过。对这个问题可以作以下的反思:1. 如果把引进某种思潮与现实必然地联系在一起,虽然可以说明外来理论与当下现实的关切性,但这种思维方式也同样会被反对者利用,因为按后现代叙述学的观点,对一个事实的陈述本身就存在着某种"虚构性",特别是在思想文化领域,也就是说,历史本身可能只是一个叙述。所以,我们在80年代才会在"伪现代"的争论中看到论争双方对国内的同一"事实"(对象)分别得出中国有/没有现代主义基础的不同结论。恰恰因这一思维模式的影响,在80年代,后现代的提倡者就不能理直气壮地在中国传播后现代。一直到了90年代,在国外理论家(佛克玛、詹姆逊)认为后现代主义也会在第三世界有某些"变种"之后,中国后现代的倡导者的腰杆才硬朗了许多。2. 后现代的提倡者还有一个理由就是,80年代中国当代先锋话语(先锋文学、先锋批评)具有后现代的某些特征,所以中国肯定存在"后现代",引进后现代是顺理成章的。其实,这是一个"循环论证",而且是一个恶性循环,它给反对者以太多的口实。3. 一定要把中国引进后现代一定和某种"现实"绑在一起在思维方式上存在漏洞。应当承认实践层面的现实对思想文化的制衡和影响作用。1992年之后中国展开新一轮的经济大潮,其浪头所及,在中国部分地区、部分阶层确实出现了后现代社会中的某些现象:消费文化盛行、精英文化与/向大众文化合流/投降、媒介神话等。但是,这些现象并不能作为中国接受后现代的必然理由,因为当代中国是一个前现代、现代,或许还有后现代共存的语境,如果按照文化与现实的对等思维,是否在当代中国还要弘扬与前现代(农业社会)共生的封建文化、与现代共生的资本主义启蒙时代的文化?后现代提倡者的一个策略性的考虑是以现实的多元对应思想文化的多元,从而为后现代在中国的存在辟出一个生存的空间,其实这是一个不成功的策略,它并没有真正为后现代在中国的生存开辟足够的空间。

　　二是对后现代社会批判理论的价值思考。在涉及后现代社会批判理论（后结构主义/解构理论）时，反对者（或许还有提倡者）总会以辨证的公允的态度清算后现代/解构理论的负面因素，作积极/消极的二元划分。当然，并不是说辨证的分析方法已失效，而是说对后现代社会批判理论的分析不能简单地套用我们所熟知的辩证法。后现代社会批判理论也许不能仅仅作积极/消极的二元对立的区分这样简单，或者说积极/消极的区分对后现代社会批判理论缺少阐释价值。后结构/解构理论是后现代社会批判理论的核心，它以彻底解构和怀疑的思维风格引起西方思想界的震动。但我们不能把"激进的"或"解构的"后现代理论与"消极"画等号，二者是有差别的："激进"是指对西方现代以来建立的"神话"或"宏大叙事"的彻底的不妥协的批判（它比法兰克福学派的批判更彻底），"解构"是对西方传统思想体系的拆解。我们可以基于不同的立场对这一理论做出积极/消极的评价，也就是说，积极/消极是基于评价主体（个人、阶层、地域）的原有的观念而做出的价值评判。既然是价值评价，就可能是人言言殊了。比如，解构理论对西方知识传统的瓦解对于那些试图弘扬东方文化的主体来说可能有反证作用。西方又发生了精神危机，需要东方（神秘、感性、和谐）文化来拯救世界。所以它是积极的。而当这一思潮冲击东方的传统价值观念、生活伦理时，它又是消极的，甚至是洪水猛兽。同样，后现代理论中所谓"建设性的后现代"也不能等同于"积极的"。按照格里芬的构想，神圣上帝的神秘世界是被现代性驱除或解魅的，后现代对现代世界的彻底批判，反证了现代性所反对的东西的合理性和合法性。所以，后神学就应该与后现代联手，再建一个神圣、神秘的世界。但是，不管格里芬们的愿望有多好、逻辑多么无懈可击，人类将来或许需要一个感性的、人文的世界,但绝不可能是一个神秘(蒙昧)的世界。所以,这种所谓"建构/建设性"的后现代是否积极也就令人生疑了。后结构/解构理论对西方启蒙以来的现代性神话的解构是有针对性的,也就是说,它并非要取消现代性的一切,走向彻底的虚无,而是要为现代性话语设限,指出现代性话语(思辨理性、人性解放)无限膨胀的虚妄性,这种虚妄性在二次大战和奥斯维辛中露出了狰狞面目。"鼓舞19世纪和20世纪的'历史哲学'声称建立了确保越过异质的东西和事变的深渊的通道。在'我们的历史'上的这些名词却对他们的主张提出反例。——一切现实的东西都是合理的,一切合理的东西都是现实的:'奥斯威辛'拒斥了这种思辨学说。这罪行至少是现实的,……但却不是合理的。"[①]因此,解构性/破坏性恰是人类走出虚幻自我的推进力,又可以说是积极的。后现代批判理论剑锋所指是人类的整体主义、本质主义、中心主义的思维方式,它在不可生疑处生疑、在坚固处发现缺陷,极大地推进了人类的思维方式的革命,为人类设想"可能"之生活提供了一个参照。

在经过以上的辨析之后,开头提出的问题"我们需要哪种性质的后现代"也许会有一个答案了。"后现代在中国"已经度过了众人争说的激情阶段,但后现代的影响并没有消失,特别是以后结构/解构理论为要素的后现代批判理论已经转化为当代思想最有活力的因素。后现代社会批判理论是20多年来中国跨文化阅读中不多见的一个贯穿始终的"文本",作为一种产生于西方社会的批判理论,它对西方社会的批判不可能在非西方世界具有相同的意义,也不可能由此在非西方世界作相反的逻辑推演——如果在这种档次做文章,不

[①] 利奥塔:《纷争》,明尼苏达大学出版社1988年版,第179页,转引自张庆熊等:《合法性的危机和对"大叙事"的质疑》,载《浙江社会科学》2001年第3期。

仅是对后现代社会批判理论的最大误读,更显示了思考的天真或幼稚。但作为一种思维方式,后现代社会批判理论可以给予人们一种方法的启迪:在自己的语境中检视自己的问题。这或许是后现代社会批判理论过滤掉许多繁复深奥的语言论证(德里达)、知识考古(福柯)、叙事转换(利奥塔)之后在中国的意义。也正是在这一层面上,后现代社会批判理论影响了 90 年代中国的文论界对文学本质问题的解读或转型。

一种文学本质理论对应着一种文学观,或者说不同的文学本质理论是各种不同的文学观的核心。80 年代之前的文学观主要是认识论(反映论)文学观。它的核心表述是:文学是社会现实生活的反映,是一种社会意识形态。它是以形象来反映社会生活的,形象主要指典型,典型是通过典型化来塑造的,是共性与个性的统一,它能够反映社会本质。从整个社会结构来说,文学是上层建筑的组成部分,是由经济基础决定的,并反作用于经济基础,文学与经济基础的关系并非直接的,而是通过政治、宗教、道德、哲学等中介环节完成的。受此结构的制约,文学必定要服务于一定的经济基础,从属于一定的政治路线。文学创作的主体也要从属于一定的阶级,文学作品也要带着明显的阶级性。文学的功能最终落实于政治上的认识教育功能和一定的情感娱乐功能。这种文论话语模式由于其内在的理论局限,更主要的由于在特定的语境中被简单化、庸俗化、教条化而在 80 年代中期被超越或边缘化。取而代之的是 80 年代之后的多种文学观:主体论文学观、象征论文学观、生产论文学观、审美意识形态论文学观。① 从思维方式上看,这些文学观依然沿着追寻文学本质的路径,

---

① 钱中文:《文学理论:走向交往对话的时代》,北京大学出版社 1999 年版,第 263 页。

其中最具代表性的是审美意识形态文学观。审美意识形态论有两个理论资源，一是马克思主义的意识形态理论，它为审美论提供了在当代中国语境中的权威性和合法性。二是俄国形式主义文论与新批评中"文学性"、"内部研究"①的观点，它们构成审美型文论的前沿性和学术性。

对90年代之前文论中的本质主义话语模式的解读将集中于审美型文论，因为它是80年代后期以来影响最大、认同度最高的文论模式，也是90年代后期在反本质主义的思维模式中引起较多争论的文论话语模式。②在此之前，我们将把目光投向新批评。新批评理论，特别是韦勒克与沃伦合著的《文学理论》在中国80年代的巨大影响和解放意义是讨论90年代文论转型不可绕过的存在，它在审美意识形态文论模式的建构中具有基础性的作用。虽然审美型文论中的本质主义倾向有中国当代文学理论演变的自身轨迹，但审美型文论在执著于普遍的"文学性"的理论体系的建构这一点上与新批评是一脉相承的。这一点恰是新批评在80年代以后西方文论的反本质主义浪潮中受到指责最多的地方。下文将从比较文学的角度，对新批评理论中建立在"普遍的文学性"之上的一个概念——"世界文学"作初步的辨析，③剖析其中的本质主义和中心主义，也算是对审美型文论本质主义的一次探源。

---

① 除此之外，审美型文论还借鉴了康德的古典美学和启蒙运动中的人道主义。参见导论第二节。
② 本文之所以忽略对80年代之前的认识论/反映论文学本质观的分析，一是因为这种文学本质在80年代已有许多讨论；二是因为，在80年代后期，文学界清算、批判这种文学观时借用的并不是后现代的理论资源，与本文讨论的后现代思维方式对文论转型的影响没有直接的关系。
③ 韦勒克是比较文学美国学派的主将，"世界文学"与"共同诗学"、"总体文学"这一组相关概念是新批评的"文学性"在比较文学中的具体化，它们也是80年代中国比较文学研究恢复以来的一组关键词。

第二节　后现代语境中的"世界文学"

一、"世界文学"：比较文学的前设目标？

在比较文学界，似乎很少有人会把"世界文学"看成比较文学中一个切实有用的学科概念，也不会有多少人梦想有朝一日歌德所预言的"世界各民族文学合而为一的一个时代"会真正到来。但是，这些都并不表明"世界文学"在比较文学中无足轻重，概览比较文学的学科发展史，会发现"世界文学"在比较文学中的身份颇有几分暧昧。

在比较文学的学科发展中，"世界文学"历史地生成了诸多不同层面的含义：1. 人类有史以来所产生的世界各民族文学的总和；2. 世界文学史上出现的那些具有世界意义和不朽价值的伟大作品；3. 根据一定标准选择和收集成的世界各国文学作品集；4. 歌德理想中的世界各民族文学合而为一的一个时代；5. 专指欧洲文学。世界文学的这些含义在比较文学中的地位和意义是不同的：前三种含义既不具有学科的意义也没有歧义，第五种含义在二战以前常被西方学者使用，但 20 世纪 80 年代以来随着西方中心主义在东、西方学术界的声名狼藉已很少被使用。只有"世界文学"的第四种含义常常在比较文学原理或文学原理的著述中被经常使用。其原因不仅仅是这一含义被歌德（也许还应该包括马克思）使用从而在东、西方所产生的"名人效应"，也不仅仅是它展示了一个虽遥远却十分诱人的文学大同理想，更主要的是它见证了比较文学从法国学派到美国学派在研究方法和学科理念的"朝代更迭"。

　　1827年,歌德在一次与秘书的谈话中首次提出"世界文学"的概念,但这个概念其后并未产生多大的影响,甚至在19世纪末至20世纪初确立于法国的比较文学学科中也并未被提及,原因是法国学派担心比较文学被说成是华而不实的学科,所以尽可能避免使比较文学研究超出两国之外的任何范围。而与"世界文学"多少有点牵扯的"总体文学"也是以比较文学学科的"他者"身份出现,或者说,在法国学派的理念中,比较文学与"总体文学"、"世界文学"无关。比如,法国学派公认的领袖巴尔登斯伯格(1871—1958)不喜欢不包含产生依赖关系的真正的相互接触的比较。法国学派的理论宗师梵·第根(1871—1948)在《比较文学论》(1931)中对比较文学作了影响深远的界定,他认为比较文学应象一切历史科学一样,把尽可能多的、来源不同的事实收集在一起,以便对每一个事实做出充分的解释;比较文学的研究方法是"精细和准确的考证","比较"和审美的研究不相关,"比较"实质上就是要摆脱全部美学的含义;研究**两国以上**文学关系的是"总体文学",研究**两国**文学关系的才是"比较文学"。①基亚在《比较文学》中把比较文学称作"国际文学关系史",他的老师伽列在为这本书写的序言中把比较文学明确规定为"文学史的一个分支",研究"国际精神之间的关系",研究不同作家、作品之间的"事实联系"。②"世界文学"的概念进入比较文学学科得益于美国学派的崛起。从表面上看,美国学派对"世界文学"的美妙远景和它的学科功能似乎并未当真,如韦勒克在产生巨大影

---

① 梵·第根:《比较文学论》,见干永昌编:《比较文学研究译文集》,上海译文出版社1985年版,第57页。
② J-M. 伽列:《〈比较文学〉初版序言》,见北京师范大学中文系比较文学研究组编:《比较文学研究资料》,北京师范大学出版社1986年版,第43页。

响的《文学理论》中对歌德心目中的"世界文学"的评价:"今天,我们可能离开这样一个合并的状态更加遥远了;而且,事实可以证明,我们甚至不会认真地希望各个民族文学之间的差异消失。"①雷马克认为:"世界文学如果是指出类拔萃、获得了国际声誉的成功作品,便是一个切实有用的术语,但绝不能泛泛地用它来代替比较文学或总体文学。"②但是,随着美国学派的学科理念和研究方法在比较文学学科中话语权的确立,这些语意并非含混的措辞并未能阻止"世界文学"在比较文学中的"殖民"和大同主义者对"世界文学"远景的憧憬,其根本原因是美国学派的学科理念与"世界文学"的暗合性。

比较文学的美国学派的主要观点可以概括为以下三点:1. 比较文学只研究来源和影响、原因和结果,并不能完整地研究一部艺术品,因为艺术品绝不仅仅是来源和影响的总和,它们是一个个整体,是融合了新材料的新的结构。比较文学应该转向文学的"内部研究",必须面对"文学性",即"文学艺术的本质这个美学中心问题"。③ 2. 比较文学研究不应是两种文学之间的"外贸",因为"它往往被狭隘的民族主义侵蚀,造成计算文化财富的多寡、在精神领域计算借贷的弊端"。④应废除比较文学和总体文学的界限,通过对各民族文学之间无事实联系的价值研究,把比较文学导向"总体文学"或"共同诗学"。3. 比较文学的研究对象和范围还应包括"文学与其他知识与信仰领域之间的关系,例如艺术、哲学、历史、社会科学、

---

① 韦勒克、沃伦:《文学理论》,刘象愚等译,三联书店1984年版,第43页。
② 雷马克:《比较文学的定义和功用》,见《比较文学研究资料》,北京师范大学出版社1986年版,第14页。
③ 韦勒克:《比较文学的危机》,见《比较文学研究资料》,北京师范大学出版社1986年版,第60页。
④ 同上,第40页。

自然科学、宗教等等"。①美国学派的崛起显示了比较文学学科重心的转移，即从来源和影响、原因和结果的事实考据转向对文学本质、各民族文学共同规律的探寻，即把"总体文学"或"共同诗学"作为比较文学研究的学科目标。由于歌德理想中的世界各个民族文学合而为一的"世界文学"与"总体文学"有内在的共通性，从此，"世界文学"就搭上了"总体文学"的便车，成为比较文学研究的目标之一乃至学科合法化的依据。

二、回到原典：歌德和马克思的"世界文学"的内涵

"世界文学"作为比较文学的前设目标并不是不证自明的：考察歌德、马克思提出"世界文学"的具体语境、探寻这些经典论述的真实内涵、检讨"世界文学"作为一个学科概念是否具备应有的学理性、在全球化的语境下审视"世界文学"的已有成果和可能前景等都是不可悬置的"问题"。

首先，我们回到歌德提出"世界文学"这一概念的具体语境。《歌德谈话录》记录了歌德1827年1月31日与秘书爱克曼的一段对话。歌德当时正在阅读中国明代的小说《好逑转》，歌德认为："中国人在思想、行为和情感方面几乎与我们一模一样；我们很快就会发现，他们和我们完全是同类人，只不过他们的所作所为比我们更清楚、更纯洁、更正派。"歌德分析了中国小说和他的《赫尔蔓与窦绿苔》以及英国里查森小说的类同和不同，认为："诗歌是人类的共同财富，随时随地由成百上千的人创造出来。……现在民族文学是个

---

① 雷马克：《比较文学的定义和功用》，见《比较文学研究资料》，北京师范大学出版社1986年版，第1页。

毫无意义的说法,世界文学的时代就要到来了,每个人都要加倍努力促使它早日来临。"① 按照杨武能先生的解释,歌德心目中的"世界文学"的内涵包括:通过文学交流而实现各民族之间的"容忍";"诗歌(文学)是人类的共同财富";讲世界文学"并不意味着要求各民族思想变得一致",而是"让不同的个人和不同的民族保持自己的特点"。②

歌德对"世界文学"的阐述是以"一个以全人类为同胞、以世界为祖国的胸怀博大的人道主义者,一个事实上的世界公民"③的身份,寄希望于作为人类共同财富的诗歌(文学)对消除各个民族之间的隔阂或仇恨而起的巨大的作用。但如果把它理解为歌德对只有在将来才可能实现的"世界文学"的期许则未必恰当。

不可否认,歌德是18世纪末、19世纪前期,或马克思主义诞生以前在"博学多识和高瞻远瞩"方面无人堪比的诗人。他很早就熟悉西方文化系统内的古希腊罗马文学、古希伯来文学,并对阿拉伯文学的精华(如《一千零一夜》)和古印度文学的精华(如古印度梵文诗人迦梨陀娑的《沙恭达罗》)有所了解。但歌德却不能不受制于整个西方对中国了解的时代局限。18世纪,西方特别是法国为了启蒙的需要,把中国想象为东方遥远的理性王国而开始译介中国的儒家经典,而在文学方面则相对较少。中国诗歌大规模译介到西方是19世纪末到20世纪初期,而中国古代小说大规模地被翻译成西方各国文字则是二战以后。歌德不懂中文,他所能了解的中国文学仅仅是经过翻译的元代杂剧《赵氏孤儿》的宾白、明代小说《好逑传》、《中

---

① 爱克曼辑录:《歌德谈话录》,吴象婴等译,上海社会科学院出版社2001年版,第233—235页。
② 杨武能:《歌德与中国》,三联书店1991年版,第81—83页。
③ 同上,第77页。

国短篇小说集》及《诗经》的一部分,并没有全面接触能代表中国古典文学精华的唐诗、宋词、元曲以及明清小说。所以,歌德只读到了中国古代文学中的二流作品。换句话说,歌德对中国文学的了解如果不是肤浅的,至少说是不全面的。作为诗人和小说家的歌德假如读到了中国诗歌和小说的精华,他可能会看到,中西文学之间的共同性与它们之间的差异性相比会显得微不足道。

在中西文化交流史上,西方视野中的中国形象是变化无常的,是把东方作为一个"他者"、作为西方文化的参照系,基于西方自己的时代需要而构筑中国形象的。从18世纪到19世纪初,西方文化范围内具有世界眼光、对中国文化有所了解的文化大家除歌德外,还有黑格尔、孟特斯鸠、亚当·斯密、丹尼尔·笛福等,但他们都在自己的著作中对中国采取了摒弃和否定的态度。上述文化大家所涉及的领域包括哲学、法学、经济学和文学。借用爱德华·萨义德的后殖民主义理论,西方的中国形象与中国本身或与西方对中国的了解无关,西方是在想象中构筑中国形象的。即便如歌德,美国学者史景迁有一值得深思的评论:"歌德感到读过中国文学作品(《好逑传》,引者注)后,脑中就会产生这样的意象:'姑娘们躺在藤椅里嬉笑着'。这是一幅轻松愉快的画面,显示了一种富有感情色彩的世界观。他这样形容并不想对中国文学进行严肃的批评,但结果确是有点贬低中国。"[①]

其次,我们再分析马克思提出"世界文学"的语境。

马克思和恩格斯在1848年发表的《共产党宣言》中则从经济基础和上层建筑的关系和资本主义世界市场的形成角度提出了"世界文学"的问题:"资产阶级,由于开拓了世界市场,使一切国家的生

---

① 史景迁:《文化类同与文化利用》,廖世奇、彭小樵译,北京大学出版社1999年版,第77页。

产和消费都成为世界性的了。……过去那种地方的和民族的自给自足和闭关自守状态,被各民族的各方面的互相往来和各方面的互相依赖所代替了。物质的生产是如此,精神的生产也是如此。各民族的精神产品成了公共的财产。民族的片面性和局限性日益成为不可能,于是由许多民族的和地方的文学形成了一种世界的文学。"①

马克思和恩格斯的这段论述也被经常引用作为建立一种可能的"世界文学"的依据。但有的学者指出:"过去马克思讲的'世界文学'现在说来翻译不是很准确,马克思的'文学'概念要广泛得多,不仅仅是我们狭义的文学。"②那么,马克思所说的"世界的文学"应该怎样理解?笔者以为,应该把"世界文学"放在它的语境中,从与"物质生产"的相关性角度来阐释。资本主义开拓的世界市场首先冲击的是由地域和生产力水平发展所限制的民族或国家的片面性和局限性,对这些民族或国家的物质生产和消费直接产生影响,甚至是颠覆性的冲击。与之相关的则是对精神产品的生产和消费产生影响。这种精神产品的范围应是相当广泛的,大致相当于"文化"的范围,包括建立在现代工业基础之上"机械复制"的大众文化、专注于形式创新追求个人性和独特性的高雅文化、体现国家意识形态的主流文化和具有民俗风味的民间文化。世界市场的形成对某一民族或国家的文化产品的冲击程度是不同的。这一点将在本节第四部分详述。

在此,或许可以得出一个暂时性的结论:在歌德的心目中,世界文学只是各民族消除隔阂、走向宽容的手段。世界的胸怀、人道主义的信念、诗人的热情尽显在对"世界文学"的期盼之中。我们不应

---

① 《马克思恩格斯选集》(第一卷),人民出版社1972年版,第254—255页。
② 朱立元、谢天振:《关于文艺学与比较诗学的对话》,载《中国比较文学》,2003年第4期。

该求全于歌德在做出世界文学这一预见时的材料局限和那个时代可能存在的东方主义视点,只能把这一概念看做是一个诗人的"诗性"表达,所以它不能作为一个严格的学科概念。而马克思使用的"世界文学"的概念范围过于宽泛,不能作为我们建立"总体文学"意义上的"世界文学"的依据。

三、差异性与"世界文学"

当然,即使歌德和马克思使用的"世界文学"并不包含美国学派所追求的"总体文学"的全部内涵,如果不允许后人在此基础上的阐发,那就显得太囿于伟人的原典了。但是,如果"世界文学"的内涵以及它作为比较文学的前设目标是一个于学理和事实不符的概念,那么就不能不对这一"口气很大"的概念提出质疑了。

如前文所述,"世界文学"在比较文学学科中的浮出得益于美国学派的崛起,它在比较文学中的"合法化"的根据内含于美国学派构建"总体文学"或"共同诗学"的理论冲动之中。因此,对"世界文学"的考察必须回到对"总体文学"或"共同诗学"的分析。美国学派在对法国学派的批评中举起的是"文学性"的大旗,他们确信在各民族文学中存在着一个共同的本质、规律,为了寻找这个本质,传统的比较文学只研究两国文学之间的来源和影响已远远不能担此大任,比较文学应该转向文学的"内部研究",必须面对"文学性",即"文学艺术的本质这个美学中心问题","'比较'文学和'总体'文学之间的人为界限应当废除",[1]应把各民族"文学看做一个整

---

[1] 韦勒克:《比较文学的危机》,见《比较文学研究资料》,北京师范大学出版社1986年版,第57页。

体,并且并不考虑各民族语言上的差别,去探索文学的发生和发展"。①客观地看,美国学派克服了法国学派视野的局限,受"新批评"内部研究的影响,把比较文学导向一种"总体文学"或共同诗学的研究,展示了比较文学研究的新的可能性,对各民族文学之间的共通性的探索并非毫无价值。

但是,时过境迁,在后现代思维模式的审视下,美国学派的上述主张让我们多少又有些疑问,提出这些疑问并不是要否认美国学派对比较文学研究的推进意义,而是在一个新的知识背景下对比较文学的学科理念给予更全面的理解和定位。20世纪60年代肇始于西方、蔓延于世界的后现代主义文化思潮也许会提供一个新的入思途径。后现代理论尽管是一个人言言殊、内部充满矛盾的巨型理论容器,但它作为一种**思维方式**却给两百年以来生活在现代性思维中的人类以深刻的启迪。"这一思维方式是以强调否定性、非中心化、破碎性、反正统性、不确定性、非连续性以及多元性为特征的。"②如果以后现代的思维方式检视美国学派的研究方法和学科宗旨,就会发现美国学派就是一个"现代性"的产物。它的"现代性"特征主要表现为本质主义和西方中心主义。

1. 本质主义:美国学派认为,比较文学要研究"文学性",即文学艺术的审美本质。那么,什么是"文学性"?依美国学派的"新批评"的知识背景,"文学性"是文学的"内部因素",即文学的风格、结构、技巧、语言等形式因素。但这些形式因素就是文学的本质吗?依照后现代的知识观,所谓事物的本质、规律是一个人为的建构,是现代学科掩盖下的权力运作,研究者通过对研究对象的本质规律的

---

① 韦勒克、沃伦:《文学理论》,刘象愚等译,三联书店1984年版,第44页。
② 王治河:《扑朔迷离的游戏》,社会科学文献出版社1993年版,第8页。

设定，以及声称的对本质规律的发现，把本学科的建立描述为一种自然而然的过程，从而为本学科寻得合法化的根据。因此，本质、规律只能是特定的研究主体对研究客体的历史建构，它们在权力的庇护下获得了普遍性、永恒性的头衔。实际上，美国学派的可议之处不在于对文学的审美性的研究，而在于对这一特殊视角的无限张扬和对其他视角的排斥。其实，何谓"文学性"始终是个动态的建构过程，并非文学的"内部因素"所独享。在不同的历史时期曾经出现过各种各样的"文化"产品，在不同的时代，人们会把不同的"文化"产品纳入"文学"的概念之下。决定何种文化产品进入"文学"范畴的依据是受权力制约的"文学观念"，有多少种"文学观念"就会有多少种"文学性"。在文学批评史上，批评方法的更迭折射了"文学"的观念变化，而这些观念影响着各种文化产品进入"文学"领地的资格和在其中的地位。社会历史批评、心理批评、文化批评在对"文学性"的界定上与新批评相距甚远。比如80年代在西方兴起的文化研究把研究对象从传统的文学文本扩展到黑人摇滚音乐、光头族、飞车党、广告、服饰、城市广场等"社会文本"。这些研究在美国学派看来当然不是文学研究，甚至有人都不认为是学术研究，但谁又能悟透历史的"诡计"呢？总之，作为一种批评方法，美国学派对"文学性"的洞见无论有多大的内在张力，也终究无法掩盖其更多的盲视和本质主义的嫌疑。

2. 西方中心主义：美国学派主张"把文学看做一个整体，并且**不考虑各民族语言上的差别**，去探索文学的发生、发展"，[①]构建一个涵盖各民族文学的总体文学或共同诗学。按照美国学派的观点，民族语言只是各民族从事文学活动的工具，在建立一种共同诗学的宏大

---

① 韦勒克、沃伦：《文学理论》，刘象愚等译，三联书店1984年版，第44页。

目标上,它们之间的差异已经毫无区别的意义。但是,现代语言学认为,语言不是自然的一部分,也不与真实的和可信赖的实在同一;语言不是客观再现和传达群体观念的中性工具。语言和语言的使用是一个政治问题,一种民族语言所表达和联系的是这个民族在生活方式、行为准则、道德价值等方面的全部世界,承担的是这个民族的政治和文化。本尼迪克特·安德森认为,印刷语言(文学的最重要的物质呈现形式)是形成近代民族主义/民族性的主要土壤。[1] 在以英语文学或欧洲文学为主要视野的语境中,美国学派对民族语言差异性的悬置就是用西方的强势语言及其"现代性"的观念对处于边缘状态的第三世界民族语言和它们所牵连的民族体验的过滤、整理、强暴和观念的再殖。这种语言的特权已不是单纯的语言/翻译的技术行为,而是一种政治行为,有一股浓重的帝国式文化霸权气息。同时由于20世纪60年代之前比较文学研究的实际进展并未真正涉及第三世界文学,所以,这种寻求共同美学原则的平行研究实质上是以欧洲/西方文学为主要视阈,它暗含欧洲/西方中心主义的倾向也就不可避免了。

不可否认,各民族文学之间既存在共同性也有差异性,二者都可研究。通过比较研究,寻求各民族文学的共通性,"人同此心,心同此理",原本无可厚非,但它不能把建立一个庞大的共同诗学作为一个先设的目标。根据后现代的"叙事"分析,任何理论都是人为的建构,研究者在面对无限多的原始材料时,他/她不得不进行取舍,取舍的标准却不能不受制于研究者的目的预设。这样,如果先在地预设了为寻求共同性而进行比较文学研究,就会自然而然地选择有利

---

[1] 本尼迪克特·安德森:《想象的共同体——民族主义的起源与播散》,吴叡人译,上海世纪出版集团2005年版,第66—78页。

于结论的材料。比较文学研究中"为比而比"、盲目比附的现象不能说与美国学派的"平行研究"没有丝毫的关系,这些现象也显示了比较文学为了验证一个预设的乌托邦式的理论目标——共同诗学而损失的学术性。因此,只有通过全面的材料占有和充分的没有偏见的研究,才可以就是否存在共通性以及共同性的多少发表见解。20世纪80年代以来,受后现代理论、后殖民主义和文化研究的影响,非中心化、多元化和差异性已成为人文学科的主流,"总体文学"、"共同诗学"和"世界文学"这些宏大话语受到愈来愈多的质疑,正在渐次走向式微。在"共同诗学"的旗帜下,比较文学研究取得了不俗的学术成果,也收获众多的"跳蚤"。在此之后,比较文学是否也应该有一个"后现代的转向"——转向差异性?

"差异性"可能会导致相对主义和文化本位主义,但相对主义和文化本位主义并不是比较文学的差异性研究的必然结果,它更多的是因为政治意识形态话语对差异研究的挪用、诱惑和比较文学研究对构建民族/国家话语以及民族文化身份的主动参与。而一个比较文学学者应有的素质是国际化的视野,对差异性的研究是以"他者"文化/文学为参照。因此,差异性研究就逻辑地包含了对其他文化/文学的审视和借鉴。

四、全球化时代的文学/文化交流

马克思在《共产党宣言》中提及的"世界市场"和歌德寄予厚望的"文学交流"是有关"世界文学"的叙事逻辑中的关键词。马克思笔下的"世界市场"没有消失,它变成了全球化。或者说,全球化是资本主义开拓的世界市场至目前的最高阶段。因此,对"全球化时代的文学交流"的描述可以验证"世界文学"的可能性,而对"文化交流"及其效果的分析则对"世界文学"的逻辑合理性有所启示。

先谈全球化对文学交流的影响。全球化首先是经济的全球化,而且是一个持续的过程,这个过程从资本主义开拓世界市场就已经开始。二战之前是资本主义以暴力手段向全球推销产品的时代,20世纪80年代以来的全球化则是跨国公司利用巨额金融资本对世界各地的生产和消费进行控制的进程,全球布点、跨国协调、开辟市场、制造需求。因为全球化可以最大限度地满足资本对利润的追求,所以,只要资本/资本主义存在一天,全球化的步伐就不会停止。

经济的全球化促进了全球人员和资讯交流的异常便捷,是否会出现一个文化的全球一体化?就文学而言,各民族/国家文学[①]之间交流的异常便捷和增多是否会促成各民族/国家文学合而为一的"世界文学"时代的早日到来?不可否认,各民族/国家文学之间的交流必然会受全球化经济一体化的影响,但民族/国家文学内部不同类型的文学受影响的程度则有差异。一般地说,民族/国家文学包括主流文学、高雅(先锋)文学、通俗(大众)文学和民间文学。[②]民族/国家文学的四种构成成分承担不同的社会——文化功能,具有不同的特征:主流文学是建构民族/国家话语的主体,体现特定时代的主导文化和意识形态,具有教化和社会整合功能;高雅(先锋)文学表达知识分子的个体理性沉思、社会批判或美学探索旨趣,追求形式创新和个性化表达,承担为民族/国家文学注入创新活力的功能;民间

---

① 这里使用民族/国家文学的说法,主要是基于民族文学和国别文学之间的交叉或重叠的复杂关系。
② 在纵向的时间维度上这四类文学可能会相互转化,没有不可逾越的界线。在横向的空间维度上,这四类文学又遵循不同的美学原则,大致具有分类的意义。

文学包括神话、传说、故事、寓言、歌谣、民歌等"口头文学"或对"口头文学"的记载，它根植于并保存了久远的民族文化血脉的核心部分，是民族集体无意识的记载和民间生活想象的满足；通俗（大众）文学承载的是普通民众对日常生活的想象，满足市民的感性愉悦。通俗文学是当代大众文化家族的成员，它与工业化、机械复制、大众传媒有着密切的关系。

作为经济性质的全球化过程对民族/国家文学的影响程度取决于这四类文学的商业化程度。概括地说，在这四类文学中，只有作为当代大众文化之一部分的通俗文学与商业性距离最近。通俗文学与流行音乐、（好莱坞）电影、动画、广告、时尚杂志等共同构成后现代时期五彩斑斓的消费主义文化。通俗文学被大量、快速消费所带来的商业利润诱惑着跨国资本的进入，国际资本对通俗文学的全球化运营不在于通俗文学愈见稀少的审美性、艺术性，而在于它的商业性。大众文化/通俗文学必将更深刻地卷入跨国资本的全球商业化运作之中，来自西方/美国的文化消费趣味和时尚会转眼之间风靡全球，渗透到最贫穷的国度和最偏僻的村落，创造出一幅后现代时期全球同步的消费主义文化景观。而其他三类文学则保持相对的稳定性，或者说，全球化激活了作为民族/国家文学主体的三类文学的地方性和民族性的觉醒。美国马克思主义理论家詹姆逊曾提出一个在美国和中国备受争论和质疑的观点：第三世界的文本（文学）都是民族寓言。[①]虽然这个观点被认为有欧洲中心主义的嫌疑，但我认为不能对此过于敏感，太过于强调"政治正确"。如果说，第三世界的民族意

---

① 詹明信：《晚期资本主义的文化逻辑》，三联书店 1997 年版，第 523 页。

识是西方现代性扩张的逆向结果,①那么,第三世界的文学恰恰是建构第三世界民族/国家话语、满足民族共同体想象的最初土壤。②中国80年代的"先锋文学"可作为例证。80年代中期,许多批评家在余华、马原、孙甘露等人的作品中发现了魔幻意象、时空错位、叙事技巧、叙述口气、语言意识、形式追求等西方(包括南美)后现代主义文学的踪迹,但这并不足以说明有一个全球化的后现代主义文学。中国的"先锋文学"是对传统的现实主义文学的疏离和反叛,其背后质疑的是一套愈显僵化的意识形态,对后现代主义游戏文本的"戏拟"在现代性尚未终结的中国最终指向了"政治",这一点在80年代的中国语境中应该不难理解。因此,全球化(世界市场)仅仅是一个经济学的术语,对于民族/国家的文化或文学来说,只有其内部带有商业性色彩的大众文化/通俗文学才有一体化的趋势,而大众文化/通俗文学即使照最乐观的估计也不是一个民族的文化或文学的主体。换句话说,"总体文学"意义上的"世界文学"即使在一个日益全球化的时代依然是一个遥不可及的梦想,现实并未显露歌德所憧憬的"世界文学"的一丝曙光,我们与"世界文学"的距离并不比近二百年前的歌德时代更近。因此,以"世界市场"作为建立"世界文学"理论的条件在逻辑上是难以成立的。

再谈文化交流及其效果。考古学和文化史的资料显示,各民族文化、文学之间的交流源远流长。在前资本主义时代,由于受交通和技术条件的限制,交流的选择性较小,跨文化交流有较大的偶然性。在当今的全球化时期,全球交通异常发达、异地资讯实时传送。民族/

---

① 亨廷顿在《文明的冲突》(新华出版社2002年版,第88—93页)中列举了第三世界接受西方教育的第一代知识分子以及在国内接受教育的第二代知识分子在本国走向独立和独立之后实行的本土化现象。
② 本尼迪克特·安德森:《想象的共同体——民族主义的起源与播散》,吴叡人译,上海世纪出版集团2005年版,第21—30页。

— 第二章 文学本质的播散 —

国家文化（文学）之间在交流的广度、交流的频率和交流的便捷上已远非往日可比。经济的全球化促成了全球公共信息的一体化。在高技术手段的支持下，频繁的人员和资讯交流自然会诱发人们对美好未来的遐想：各民族/国家文化相互理解、尊重和宽容，从而实现各民族/国家文化之间的融合，进而迎接"世界文学"时代的到来。然而"造化又常常为庸人设计"。文化交流的效果不是交流的量的简单累加，其中的复杂性使文化融合论成为海市蜃楼。

跨文化交流要穿越各民族语言的密林，关于不同人群、不同语言之间的交流问题，20世纪20年代美国人类学界提出了一个"萨皮尔—沃尔夫假设"：世界是通过由语言产生的概念网格而得到过滤的，而且，对于特殊语言的惯常的、规则化的使用产生了具有文化特定性的习惯化的思维模式。这一假设提出了关于理解和再现其他文化意义的可能性问题。近年来，受语言哲学关于语言与实在、意义、真理的关系理论和后殖民主义理论的影响，人们在谈到文化交流时经常使用"误读"一词：文化之间的交流充满了有意或无意的误读。萨义德认为："一个文化体系的文化话语和文化交流通常并不包含'真理'，而只是对它的一种表述。"[1]萨义德的论断可能过于笼统，不是所有的文化交流都不关涉知识的客观性，交流结果并不都是"误读"。前文已分析两类文化交流以及可能会出现的两类"误读"。[2]在话语实践中，两种类型的文化交流的界线并不总是会被自觉地意识到。比较文学学者应认识到比较文学所从事的是学术性的文化交流或关于文学研究的交流。经过各民族/国家的比较学者（不仅仅是比较文学学者）的共同努力，各民族/国家之间的文化/文学可以在学

---

[1] 萨义德：《东方学》，王宇根译，三联书店1999年版，第28页。
[2] 参见绪论第四节的有关论述。

术的层面进行交流,达到理解、尊重和宽容。但仅此而已,不应对学术之外的现实领域作额外的遐想:期望通过文化—文学的交流促成世界文学的到来——期望比较文学能促进文化沟通,避免灾难性的文化冲突以至武装冲突,改进人类文化生态和人文环境。现实领域奉行的是实用或利益原则,世界进入21世纪,不能说各民族之间、国家之间、文化/文明之间的理解不够深入、全面,但民族、国家、文化之间的冲突或武装冲突并未减少。冲突的根源是利益的冲突,这是比较文学无力解决的。

对跨文化(文学)交流的梳理、对比较文学中"世界文学"概念的质疑,并不意味着对比较文学所涉足的文化交流持一种虚无主义的立场,而是敞开其中的思维迷雾,在一个变化的现实语境和知识背景下划出比较文学的学科界限——比较文学能够做什么或不能够做什么,从而在比较文学的界限之内切实地推动学科的发展。

第三节 解读审美型文论:一个后现代的视角

当90年代初由政治话语自上而下推动的市场化或全球化浪潮骤然降临之时,商业主义的实践操作和价值观念催生的商业/大众文化似乎顷刻之间改写了当代中国的文化构成。在经过了短暂的中断之后,中国理论界借助了政治话语的力量,以确认全球化格局中的民族文化身份并反思80年代的启蒙话语的向度,引进了在当今西方炙手可热的后殖民理论、后现代理论和文化研究。在崛起的众多形式的大众文化和旅行的西方理论话语的双重逼迫下,在80年代的思想解放、思想启蒙中开风气之先而跻身社会话语中心的文学理论却风光不再。文论研究者(当然还有其他人文学者)感受到前所未有的远离中心的失落和身处边缘的无奈。如果说拒绝权力的引诱、忍受政治的迫害，使他们对文学（精英文学、纯文学）自主性的坚守自然生发出一份悲壮尚可引来众多廉价的同情；那么面对无边的商业文化的软包围和社会的无意遗忘，在边缘处对文学审美精神的坚守就因其寂寞而更加艰难，似乎也更为珍贵。

90年代初期商业大潮中文论研究者或人文学者的这份体验和记忆是历史在磕磕碰碰之间洒落的学术馈赠。在又一个世纪文论的开端，当我们依旧热切地期望着、言说着"建设有中国特色的文学理论"时，我们无法绕开这段历史。但当我们驻足于这段历史时，我们又会顿然生出许多问题：80年代指向审美自主性的文学理论如何成为社会话语的中心？如果说经过一番努力最终建立了审美自主型范式的文学理论一度跻身社会话语的中心，为什么这种范式在得到强化和充分学科化的90年代却退居边缘？是暂时屈居边缘（意味着可以重返中心）还是永远定居边缘（本然状态）？审美自主型文论在90年代退居边缘（不管是坦然面对还是无奈接受），它能否以及如何保持文学研究与社会文化政治的联系？审美自主型文论在学科化中如何克服僵化的可能而保持应对复杂的文化现实的活力？对于上述问题的清理和分析可以依据不同的视角。后现代的知识观、思维方式和文化政治立场也许会给我们解答这些问题提供特殊的入思路径。当然，任何一种理论只是对对象的多种阐释可能的一个视角而已，它在敞开一种视角的同时也会遮蔽其他视角。后现代理论只是一种阐释途径而已，但它排除了对自我视角的专制性态度，或许由此可以引发出对当代文学理论的更多思考。

一、话语中心：真实/幻象？

文学理论成为社会话语的中心并非始自 80 年代。在新中国成立后的历次政治运动中，文学研究、文学理论有多次成为运动中心的经历（如红学讨论、"胡风案"）。文学理论在 80 年代再次成为社会话语关注的焦点，那些经历多次政治运动"洗礼"的文论家们对此并没有多少陌生感。不同的是，80 年代的文学理论获得了截然不同的身份：它不再是政治法庭的审判对象，而是陪审员。被政治意识形态所认同的身份自然使文论家生出一份欣喜和雄心，而这一时期的文学理论以其对与文学相关的思想政治禁区的不断突破，配合了 80 年代政治话语对自身历史的清理和再合法化，在 80 年代的"思想解放/启蒙"中出演了一个非同寻常的角色。

80 年代文学理论的运行常常被简约化地描述为从"外部研究"向"内部研究"、从政治工具型文论向审美自主型文论的"转向"过程。这似乎给人们造成一个错觉：80 年代的文学理论是以其审美话语的高扬而成就其话语中心的地位的。这其实是文论界一种真实与幻象共存的叙事。仔细考察可以发现，80 年代以文学审美论为完成形态的文学理论经历了前后相继的两个阶段：外部清理和内部建设。借用 80 年代颇为流行的一个政治术语就是"拨乱反正"。"拨乱"就是清理几十年来被政治工具型文论混淆的"文艺与政治"、"文艺与反映生活本质"、"'两结合'"、"人性和人道主义"、"主体性"等问题。这些一度成为论争话题的"问题"具有身份的暧昧性：它们确实是文学理论中的问题，但又不仅仅是文学理论的问题，又是思想启蒙的问题。一方面，它们的文学理论性保证了论争的专业性和学术性，另一方面，它们作为思想启蒙话题又赋予文论论争的公共性和政治性。"反",返也。"反正"就是对马克思主义文艺学本体——文学审美论的回归(典型、真实性、形象思维、现实主义及其倾向性问题、不平衡问题)和对新批评的"内部研究"、形式主义的"文学性"研究的借鉴。值得注意的是,这些表面上的纯文艺学/审美性话题所同样隐含了政治意味:寻求文学的审美自主性、倡导内部研究是以不正常年代政治对文学的过度干预为背景,审美型文论以对文学与政治的相对疏离的"学术"阐释悖论式地承担了在特定语境中的非学术或政治的功能,从而融入80年代的总体启蒙话语中。"即使在文学最有'轰动效应'的那些时候,公众真正关注的也并非文学,而是裹在文学外衣里面的那些非文学的东西。"① 所以,审美也是一种意识形态。

  文学理论/审美自主型文论在80年代创造了一个关于"中心"的神话,也是最后的神话——90年代标示了这一神话的终结。在90年代的商业文化、大众文化的进逼下,文学经历了在社会政治生活中和在文化消费中的双重边缘化。这时,文学理论的归宿似乎只有学科化。文学理论的学科化是一次对自身合法性的寻求。它既是一次自我救赎,也是一次自我放逐。在90年代,文学理论从现实的政治生活中不断地步步后撤,构建了以审美自主性为指归的、在学院体制中寻得一块立足之地的文艺学学科。既是一分收获,也有几分无奈。这份无奈蕴涵了丰富的文化意蕴:它既有文论研究者对80年代文学理论一度获得的话语中心地位的真实回忆,也有文论研究者关于"中心"的自我想象和再度表述中的自我建构。一个混杂了真实与虚构的文化叙事。

---

① 王晓明等:《旷野上的废墟》,见王晓明编:《人文精神寻思录》,文汇出版社1996年版,第1—2页。

这个混杂了真实与虚构的文化叙事间或折射了人文知识分子"中心情结"的思维迷雾。其实,"中心"终结的原因不在于文学理论自身,而在于社会的类型和社会的话语结构的变化。从社会结构的某一元素对社会整体的影响角度看,社会可以大致分为政治主导型和经济主导型。在政治主导型社会中,权威的政治意识形态集中体现了统治阶层的利益、愿望和社会成员的身份诉求,社会阶级(阶层)的划分以与政治意识形态的同一/对立为标准。政治意识形态有时甚至可能逾越社会的物质基础,成为左右社会成员的行为、思维和价值评判的最高存在。这样,在政治主导型社会中,社会话语就形成了权威意识形态的一元独尊结构。在这一社会中,任何与权威意识形态有密切关联的领域都可能引起全体社会成员的关注从而在表面上成为社会话语的中心。在经济主导型社会,社会生活的重心从政治意识形态移至与人们的现实物质生活密切相关的经济领域。商业主义走上前台,意识形态因素虽未消失但已淡化或不再成为社会评价的唯一标准。在经济主导型社会中,商业主义、消费主义、实用主义价值观分享了意识形态在政治主导型社会中对社会话语的支配和垄断地位。社会的话语结构由意识形态一元独尊型转向多元共享型,社会话语已不存在一个唯一的中心,而是多个中心。在多元话语中心的社会中,任何一个话题都不再能引起全体社会成员的持久关注。

中国 90 年代以前的社会属于政治主导型社会,政治意识形态是社会话语的中心。以 70 年代末为界的前后两个时期,虽然意识形态中心话语在内容上有巨大的差别,但在权威意识形态话语对社会生活的影响方面二者并无实质的差异。80 年代的文学理论既不是因为它的政治性内涵,也不是因为它的审美性追求,而是因为它与意识形态中心话语的关联性和对中心话语的依附性而进入了社会话语的中心。在一个政治主导型社会,即使是纯粹的文学内部研究、审美研究也会因为与中心话语的关联而引起关注（如80年代的美学热）。90年代以来，社会发生了从政治主导向经济主导的转型，社会话语进入多元中心或无中心的时期。即使文学理论与政治、与社会的文化现实依然存在天然的联系，即使文学研究的学术成就可能高于80年代，但文学理论却难以引起全体社会成员的关注。因此，文学理论/审美型文论80年代的轰动、中心和90年代的沉寂、边缘与文学理论或文学理论的研究取向无关，而是社会话语结构转型的结果，这也排除了以中心/边缘、轰动/沉寂为标准对文学理论的评价。事实上，不管在政治主导型还是在经济主导型社会，文学理论、文学研究乃至人文学科都无法独立地成为社会话语的中心，文学理论的本然位置就是边缘。即使它在政治主导型社会中一度进入话语中心，这种边缘性也依然潜在地存在。在90年代，这种边缘性只不过从潜隐变成了现实而已。

在此要稍作说明的是，对80年代"文论话语中心"的依附性、建构性特征的解读，不是要否定80年代文论的启蒙承担和现实关怀（在90年代"告别革命"、"坚守学术岗位"的呼声中，在文学理论的学科化过程中，恰恰是这种品格部分地丧失了），而是要确认文学理论的边缘化位置、边缘与关注现实政治的非对立关系、边缘与自我封闭的非对等关系。其实，是否成为社会话语的中心并不能作为判断一种知识或一门学科的价值标准。不进入权力话语的中心并不意味着固守自己的专业领域而漠视文化政治；反过来，对现实文化政治的关注也并不一定要成为/进入权力话语的中心。同样，这种解读也不意味着对80年代文学理论的审美追求的历史意义的怀疑。审美型文论以文学性和形式创新为标准，重读了古今中外的几乎所有经典作品，特别是对中国现当代文学文本的审美阐释，有效地颠覆了80年代以前"政治标准第一（唯一）、艺术标准第二（取消）"的文学研究取向，改写/重写了中国现当代文学史。"文学首先是文学"并不是无意义的同义反复，它标示着文学研究一个新的范式的开始。审美型文论对文学理论的学科推进价值并不因时代语境的变迁而丝毫减损它在80年代的革命性意义。

二、审美型文论的有限性

在经历了一次悲壮而无奈的撤离之后，80年代文学理论的变革成果和理论形态——审美型文论在90年代以学科化的形式被继承和强化。但是，审美型文论在80年代的学科价值又无法为90年代对它的坚守提供一份合法性的证明。在90年代的语境中，在后现代理论和文化研究的冲击下，学科化的审美型文论逐渐显露了多重的限度。

1. 本质规律的虚幻性。审美型文论通过对特定时代的特定作品中美学要素（风格、结构、技巧、语言）的考据，归纳出一套决定文学之为文学的最根本的审美特性或审美本质。反过来，以这些审美特性或审美本质为过滤标准，就可以发现古今中外文学的发生、发展和更迭规律。因此，文学的本质和规律是审美型文论的基石。但恰恰在这块基石上留下了一片本质主义的残迹。依照后现代的知识观，所谓的本质、规律是现代学科掩盖下的权力的建构，研究者通过对研究对象的本质规律的设定及声称的对本质规律的发现，把本学科的建立描述为一种自然而然的过程，从而为本学科寻得合法化的根据。因此，本质、规律只是特定的研究主体对研究客体的历史建构，在权力的庇护下它们获得了普遍性、永恒性的头衔。后现代的知识观并非取消人类的知识探索、走向彻底的相对主义和虚无主义，它反对的是启蒙以来对知识的神圣化、普遍化。实际上，审美型文论的可议之处不在于对文学的"文学性"、审美性的研究，而在于对这一特殊视角和研究方法的无限张扬。其实,文学研究的方法和对象始终是个动态的历史建构过程。在不同的历史时期曾经出现过各种各样的"文化"产品,在不同的时代,人们会把不同的"文化"产品纳入"文学"的概念之下。决定何种文化产品进入"文学"范畴的依据,不是这个文化产品的"文学性",而是受权力制约的"文学观念"。在文学批评史上,批评方法的更迭折射了"文学"的观念变化,而这些观念影响着各种文化产品进入"文学"领地的资格和在其中的地位。社会历史批评、新批评、心理批评在界定"什么是文学"和选择研究对象上相距甚远。作为批评的历史之链上的一环,审美型文论对"文学之为文学"的洞见无论有多大的内在张力,也终究无法掩盖其更多的盲视。

2. 价值立场的暧昧性。一种文学理论一般总是包含经由文学抵达社会的或隐或显的价值判断。审美型文论的理论资源是20世纪初俄国形式主义文论的"文学性"研究和20世纪中期英美新批评的"内部研究"。在这两种审美型文学理论中原本微弱的政治性在80年代中国的社会语境中被强化,以反抗的姿态出场。它所反抗的是作为被清算的僵化政治意识形态之文论表征的庸俗的文学社会学。在这个意义上,审美即政治。但是,在90年代,当这种僵化的政治及庸俗文学社会学已被基本清理或不再占据主流话语地位时,审美型文论就因反抗对象的退场而部分地丧失了它的激进性,但并没有完全丧失它的政治潜能。只有审美型文论在学科化中以自然科学为标准,运用技术化、精确化的方法,通过审美研究寻找文学作品超时空的客观性、永恒性时,它才与当下的现实政治渐行渐远。如果审美之维的高扬对文学研究的其他向度形成遮蔽,审美就可能变成一种专制。

90年代,审美型文论正在逐渐丧失对社会公共领域的介入能力,逐渐消磨它的批判锋芒。审美型文论为此付出的代价不在于退出话语的中心,而是因其学科的僵化而危及学科的根基。这似乎有点危言耸听。现代西方的学科化进程可以为我们提供一点启示。西方现代以来的学科化进程是学院体制对公共知识分子的收编过程,随着战后美国年轻的知识分子纷纷进入大学校园,传统意义上的公共知识分子已经消亡。[①]但就在60年代西方社会动荡之后,在学院体制内诞生了横跨专业和公共领域的知识分子。原则上说,每一个专业研究者都可以成为公共知识分子。在自然科学、社会科学中,专业研究者可以运用两套话语分别从事学术研究和公共关怀。而人文学科、文学理论的专业研究和社会关怀并没有严格的界线。用一种多少有点庸俗经济学的说法,人文学科所发现的所谓规律并不产生直接的物质效益。如果这些规律远离社会的现实生活而只存在于象牙塔中,那么人文学科的合法性多少会受到影响。在这个意义上说,审美型文论的学科封闭性抑制了学科更新的活力,久而久之,它甚至在边缘处也难寻一份领地。

90年代初,文论界参与了理论界对80年代乃至"五四"以来的启蒙话语的反思,清理出一些值得珍惜的并非仅仅是学术意义上的反思成果:乐观的线性的历史思维、激进主义的限度、知识阶层的"导师"心态和自我意识的膨胀等。这一时期,人文知识分子因社会参与的挫折、崛起的新富阶层的讥笑、在经济大潮中的无足轻重而忌惮"代言人"的角色。陈平原教授提出,学者在从事学术研究的同时应保持一种"人间情怀",但他认为知识分子以"社会的良心"、"大众的代言人"自居无疑是自作多情。[②]90年代初在国内产生巨大

[①] 拉塞尔·雅各比:《最后的知识分子》,洪洁译,江苏人民出版社2002年版。
[②] 陈平原:《书生意气》,汉语大词典出版社1996年版,第163—164页。

影响的后殖民理论可能会对国内知识分子忌惮"代言"的心理产生"负强化"作用。后殖民理论认为：二百年来，西方对东方的"表述"是基于西方对东方的想象，"表述"的结果是对东方的歪曲、他者化、女性化或妖魔化。如果把《东方学》的要义——代别人表述（代言）即歪曲——在国内语境中稍作推演，那么合乎逻辑的结论就是知识分子的沉默。如此，那些处于无名或匿名状态的"沉默的大多数"因缺乏表述的能力、表述的资源（时间、场所、媒介）和表述的资格而永远处于匿名状态或归于消失。这种结局似乎是权威政治所乐观其成的，可能也是骨子里存有天下意识的知识分子所不愿见到的。因此，人文学者（包括文论研究者）似乎不应该忌惮"代言人"一词衍生的调侃和讥笑，充分利用文学与社会现实的"血缘"关系，走向一种积极的文化政治，在专业之外，不放弃一名"有机知识分子"（organic intellectual）的努力。

3. "经典"视角的遮蔽性。名目繁多的各种传统文学理论多以那个时代的文学"经典"作为研究对象，审美型文论也研究经典，但它更关注构成经典的审美要素。审美型文论相信，不同民族、不同时代、不同类型的作品只要秉有或部分秉有某些审美要素，就可以成为伟大或准伟大的作品，具有永久的艺术魅力。文学研究的任务就是挖掘、阐释、演绎这些审美要素，传承、传播、推广经典作品中潜在的、深奥的艺术规则，提高大众的审美鉴赏水平。可是，20世纪60年代以来，"经典"的概念不断受到各种批评理论（如接受美学、后结构主义）的质疑和批判。而80年代西方兴起的文化研究更是把经典看做权力参与的历史建构。文化研究认为，一个文化传统常常把一部分特定的文学文本作为值得研究的挑选了出来（经典、高雅文化），这一选择过程同时意味着对其他文学文本的排除和对其他一些更现代的文化活动形式（电影、电视）的贬低，这些选择/排除的规范或传统本身被假定为不证自明的，但他们却是被建构而成的。①这种建构的背后是作为权力表征的占统治地位的意识形态运作的结果。经典的研究内含一种不平等的权力关系，社会通过经典研究的学科化和体制化完成不平等的再生产和对边缘文化/大众文化的压抑。

90年代以经典研究为旨趣的审美型文论在90年代国内大众文化兴起的现实面前，间或也涉及大众文化，但研究的基本思路是对大众文化的贬损：或者对大众文化的平面性、风格的消失、机械复制、商品化、精神鸦片进行批判，或者以一种精英的趣味和标准贬低大众在大众文化消费中所可能达到的审美满足的程度，无视商业/大众文化（电影、电视、网络、各种街边小报、晚报、时尚杂志、流行音乐…）在普通大众的文化消费中日益增长的比重。这类大众文化研究/批判主要受法兰克福学派批判理论的影响，是对法兰克福学派批判理论的简单横移，忽视了中西语境的差异。在此意义上，显示了经典的专制性。②除了简单挪用之外，由于它更多地使用经典美学的标准和理念，因此对大众文化的批判难以到位，无法深入到中国大众文化所表征的权力、阶级（阶层）、性别、年龄的层面，浪费了大众文化蕴涵的学术研究资源。

90年代以来中国的大众文化有中国语境的特殊性和复杂性。一方面，大众文化出现于中国社会的商业化进程中，表征了中国世俗化的发展进程，它的"非政治性、非道德价值、非艺术甚至非审美的某些现象特征正是它对过去时代极端的政治价值观的反拨和对先前

---

① 阿雷恩·鲍尔德温等：《文化研究导论》，陶东风等译，高等教育出版社2004年版，第17页。
② 陶东风：《文化研究：西方与中国》，北京师范大学出版社2001年版，第37—67页。

政治—伦理一元价值结构的冲击。"①另一方面，大众文化又是商业操作的产物，大众文化的趋利性使大众文化生产机制在产品的目标定位上表现出媚俗、媚富的特征。在利润的驱动和诱惑下，大众文化常常发生能指/所指的分裂，对"大众"作有意的误认，把一部分城市白领阶层、新富阶层或贵妇阶层的时尚追求、消费趣味包装成整个社会的欲望对象，从而在一个前现代、现代和后现代混杂的社会中，生产出一幅后现代消费主义的幻象。

审美自主型文论必须走出自设的以经典为旨趣的审美之城，借鉴文化研究的视角和方法，面对（并非认同、拥抱）当代中国复杂的文化现实。这不仅是为文学理论寻找一个理论增长点，更重要的是使文学理论在当代文化和文学的境遇中保持对社会政治、文化的开放性，坚持在边缘处对现实文化发问的姿态。

第四节　本质主义与反本质主义的话语选择

受 90 年代中国社会文化转型和西方后现代理论的影响，90 年代的文学理论和文学批评在思维方式、建构形态、提问路径、问题设置等方面出现了诸多明显的变化，其中文学的本质问题再次成为文论界的关注焦点。对文学本质的不同理解和对话效果将影响今后一个时期文学理论的建构与走向。本文将首先回顾近几年来文学理论界关于文学本质问题的争论，然后从历史性的角度提出对"反本质主义"的理解，最后谈谈在文学理论的学术研究和学科教学中关于

---

① 金元浦：《定义大众文化》，见金元浦编：《文化研究：理论与实践》，河南大学出版社 2004 年版，第 164 页。

"文学的本质"问题的处理策略。

一、关于"文学的本质"问题的争论与对话

从90年代后期开始，一度似乎解决的关于文学的本质问题再度引起文论界的关注，其主要原因是西方后现代理论影响的结果。80年代中期以来，中国学界从总体上说是沿着从文化艺术到哲学、先美学风格后思维方式的次序阅读后现代、理解后现代。这个转变大约发生在1997年前后，其标志是法国一批具有原创性的后结构主义理论家著作的完整译本开始在国内大规模出版，这些著述集中表述了一种后现代的思维方式。从西方思想史的角度看，结构主义代表了现代思维的顶峰，后结构主义对结构主义的解构也意味着对现代思维的解构，后结构/解构理论的出现代表了西方思想史的转折——从现代向后现代的转向。①因此，后结构主义著作在中国的出版使更多的读者能直接面对后结构/解构理论的"原典"，也使后结构/解构理论溢出相对狭小的圈子，从学术走向文化。在中国的接受群体中，除了专治西方哲学和文论的专业研究者外，相当的接受者可能未必会沉溺于后结构主义穿越历史学、语言学、哲学、文学、病理学、精神分析学、知识社会学等学科的隐晦艰涩的知识或逻辑推导。这既可以看做是一种"误读"，也是一种文化借用策略。中国接受者借用的是后现代/后结构主义理论开启的一种思维方式或知识范式，它给我们提供了一个在中国语境中提问的全新角度。到了90年代末，反本质主义、反中心主义和反普遍主义的后现代思维方式在某种程度上已构成学术界从事各种学术研究的"前见"——一种无法回避的"思想

---

① 张法：《走向全球化时代的文艺理论》，安徽教育出版社2005年版，第5—6页。

规范"。

作为思维方式的后现代有什么特征？这里可以借用伊格尔顿的总结。伊格尔顿认为，后现代性作为一种"思想风格"（思维方式）有以下特征："它怀疑关于真理、理性、同一性和客观性的经典概念，怀疑关于普遍进步和解放的观念，怀疑单一体系、大叙事或者解释的最终根据。与这些启蒙主义规范相对立，它把世界看做是偶然的、没有根据的、多样的、易变和不确定的，是一系列分离的文化或释义，这些文化或者释义孕育了对真理、历史和规范的客观性，天性的规定性和身份的一致性的一定程度的怀疑。"① 简单地说后现代就是质疑和反思作为现代观念的本质主义、历史主义、中心主义和普遍主义的思想状态。

反本质主义的思维方式在中国的文论界的回响就是反思在文学理论的学术研究和大学文学理论教学中的本质主义以及由此引起的争论。由于从80年代后期起，"审美意识形态论"实际上已成为本质型的文学理论的主流模式，所以对文学理论中的本质主义反思和争论又较多地集中于"文学的审美意识形态论"。

90年代后期至新世纪初，文论界对文学本质问题的反思和争论大致有三种思路，我称之为"取消论"、"坚持论"和"折中论"。需要说明的是这种划分只是为了叙述的方便，可能会有简约化的缺陷，实际情形是更为复杂的对话景观。

1. 取消说。它沿着一条激进的反本质主义思路对待文学的本质问题。他们认为，"文学是什么"这一问题本身就值得怀疑，回答文学的本质和特性并不是文学理论天经地义的任务。因为：首先，这一提问方式背后的哲学基础是西方的哲学传统，这种传统在各种异质

---

① 伊格尔顿：《后现代主义的幻象》，商务印书馆2002年版，第1页。

的哲学和思想视野中并不具有先验的优先性；其次，对这一问题的"悬置"并不妨碍具体文学理论的建立和文学批评的实施与操作；最后，对这一问题的回答/回避并不能帮助/妨碍作家和读者参与文学活动的实际过程。因此，文学理论应"悬置"文学的本质问题，这样，文学理论才有可能走出当下"失语"的困境，而真正获得"实践性品格"。①

2. 坚持说。坚持说有一个共同的理论导向，就是以马克思主义理论为基础，把对文学本质的考察置于人的社会活动的视野，文学具有本质，而且文学理论不能回避对这一最基本问题的回答。但是，这一思考路径内部也有差异。一种观点就是坚持文学的审美意识形态论，这种观点可以说是 80 年代后期文学本质的审美意识形态说的逻辑发展，和吸收了近几年学术界对"意识形态"研究的成果之后的完善，以及对质疑审美意识形态论的回应。②另一种思路是取代"审美意识形态论"，其中最有力的质疑来自董学文先生。他认为，从马克思的原文和权威译文的表述看，"社会意识形式"、"意识形态"、"意识形态的形式"三个概念是有严格区别的。马克思没有把"社会意识形式"与"意识形态"相等同，更没有把文学简单界说为"意识形态"。文学应归属于一种"社会意识形式"。"审美"与"意识形态"的关系极为复杂，将"审美"和"意识形态"组合成"审美

---

① 徐润拓：《对"文学本质论"研究的反思》（《广东社会科学》2002 年第 1 期）；秦剑：《"本质的悬置"：文学理论学科性之反思》（《黄冈师范学院学报》2005 年第 2 期）。
② 童庆炳：《审美意识形态论的再认识》（《文艺研究》2000 年第 2 期），《怎样理解文学是"审美意识形态"》（《中国大学教育》2004 年第 1 期）；周忠厚：《关于审美意识形态的几点思考》（《河北师范大学学报》2003 年第 6 期）；陈雪虎：《如何理解"审美意识形态论"》（《文艺争鸣》2003 年第 2 期）。

意识形态"概念,并用此作为对文学本质的界定,是不准确的。①除此之外,其他"候选"的本质有"系统本质或多重本质"、"人类生存竞争中信息需求"、"情感语言艺术"等。②从总体上看,坚持说依然在要为文学确认某个本质的思维范围内展开论述,并没有或很少借用反本质主义的后现代的理论资源,本文之所以要涉及这一观点,主要是因为在近几年关于文学本质问题的讨论中和当前大学文艺学学科教育中,"坚持说"依然居于主流话语的位置。

3. 折中说。这一思考路径显然借用了后现代理论中反本质主义的思想资源,对当代文学理论和大学文艺学教育中的本质主义有切身的感受。与取消说不同的是他们并未走得那么远,而是采用比较折中的态度。即在思维方式上有自觉的反本质主义意识,而在对待文学本质的具体问题上不放弃对文学的特性的探询:或者把文学本质属性化、文学理论批评化——以文学属性代替文学本质特性、消解文学理论与文学批评之间的界限,弱化文学理论中的本质主义嫌疑;③或者把文学理论看做是文学理论史,即把文学理论中的基本问题(包括文学本质问题)看成是具体的历史语境中的地方性(民族性)知识,从而消解文学理论中的本质主义、形而上学因素;④或者直接借

---

① 董学文:《文学本质界说考论》(《北京大学学报》2005年第5期),《"审美意识形态"能成立吗?》(《高校理论战线》2005年第10期),《文学"审美意识形态论"献疑》(《文艺理论与批评》2006年第1期);单小曦:《"文学的审美意识形态论"质疑》(《文艺争鸣》2003年第1期)。

② 陆贵山:《试论文学的系统本质》(《文学评论》2005年第5期);杨春时:《论文学的多重本质》(《学术研究》2004年第1期);吴小美等:《文学本质探源》(《中国文学研究》2004年第3期);燕世超:《文学的审美意识形态本质论质疑》(《汕头大学学报》2004年第6期)等。

③ 王一川:《文学理论》(四川人民出版社2003年版);另见王一川:《文艺理论的批评化》(《文艺争鸣》1993年第4期),《批评的理论化——当前学理批评的一种新趋势》(《文艺争鸣》2001年第2期)。

④ 陶东风主编:《文学理论基本问题》(北京大学出版社2004年版);另见陶东风:《文艺学的学科反思与重建》(《文学评论》2001年第5期)。

用当代西方文化研究的成果,模糊文化与文学之间的界限,强调文学与文化(意识形态)之间或显著或隐蔽的关系,对文学观念采用历史主义的视角,用文化理论渗入、主导或改造文学理论,使文学理论体现出文化理论的倾向和特点。① 上述几种思路由于把思考的成果以教材的形式实体化,正从另一个向度构成对传统的文学本质理论的挑战。

二、反本质主义能走多远?

"本质"一度是一个与智慧、知识、阅历、穿透性、深刻性联系在一起,而与现象、浅薄、无知、愚昧等水火不相容的深沉"能指"。但在后现代的反本质主义的语境中,"本质"似乎又变成流落街头的丧家之犬,人人皆可痛骂之、鄙夷之、唾弃之——后现代的反本质主义如果被理解成道德化、伦理化的街道两旁的居民,则是后现代的悲哀、反过来也是本质主义的悲哀。

历史性由此成为我们解读本质的前提,同时也成为质疑本质主义的理由。

人类对(自然、社会、自身的)本质或规律的一种自觉意识,也许是人类给自己划出的一条决定性的界线,由此把自己与混沌隔开。今天,我们已不能再贸然地称之为"进步",而只能说从此形成了与混沌截然不同的认识或解释世界的方式。其实,在不同文化中我们都可以发现"知其所以然"的刨根问底式的思维方式,这种思维方式也许就是伊格尔顿所说的本质主义的比较无伤大雅的形式,它是这样一种信念:"即认为事物是由某些属性构成的,其中某些属性

---

① 南帆主编:《文学理论(新读本)》,浙江文艺出版社2002年版。

实际上是它们的基本构成,以至于如果把它们去除或者加以改变的话,这些事物就会变成某种其他东西,或者就什么也不是。如此说来,本质主义的信念是平凡无奇,不证自明地正确的,很难看出为什么有人要否定它。"①本质主义这种"无伤大雅"的认识和解释世界的形式成为近现代西方科学发展的基础。至今看来,科学对客观性知识的追求和科学的成功本身似乎也并无大错,现代科学确实改变了人类在自然中的现实处境。这就是本质主义的历史性。

但是,现代性话语津津乐道于自己的成就,以致忘乎所以,误以为科学理性可以解决人类生活的一切问题。

20世纪60年代以托马斯·库恩为代表的科学哲学历史学派解构了启蒙以来形成的科学知识客观性的神话。库恩认为,在科学发展的每一阶段,科学共同体都会建立一个稳定的知识结构——"范式"。范式的稳定不仅依靠经验材料的支撑,它还受一定的信念、价值和思维形式的支配。不仅可以由此出发来选择有利于自己的经验材料,还可以拒绝大部分经验材料以做出有利于自己的解释。②也就是说,科学知识并不是都可证伪的客观知识,在一定程度上、一定时期内也形成了与可证伪性相反的一面——不可证伪性。

库恩的科学史研究可以说与后现代/解构理论殊途同归。后现代并非是提倡回到原始思维的混沌状态,完全拒绝人类对世界万物的特征的认识。实际上,后现代所谓的"反本质主义"本身就包含着一种"本质的概括"——对现代性本质主义话语实践的"本质概括",这也说明后现代并不一味拒绝本质,至少它不拒绝伊格尔顿所

---

① 伊格尔顿:《后现代主义的幻象》,华明译,商务印书馆2002年版,第112页。
② 库恩同时也认为,在范式之中,科学共同体成员对范式的忠诚并非仅仅是消极因素,一定程度上保持范式的稳定使科学能够完成在这一范式之内大部分问题的"解迷"工作,从而使科学呈现非累积性的进步。

说的本质主义的无伤大雅的形式，或者说它和现代性理论共享一种相同的思维方式：一种最低限度的概括。因此，与其说后现代/解构理论反本质主义，不如说它反的是极端本质主义，反对的是"简约地、虚假地、永恒化地、粗暴地、均质化地使用本质概念的情况"。①或者说，后现代理论要为人类使用本质式的思维设限：不要设想人类对某一事物的认识便是一劳永逸地抓住了这一事物亘古不变的"本质"。所以，后现代反本质主义思维方式并不是走向彻底的虚无主义，而是用思维的多元视角为创造性开辟通道。它强调，任何一种视角、任何一种思维方式所得到的认识也仅仅是对世界的某一方面、某一层面、某一部分、某一片段的认识，而不是一种包罗万象的绝对真理。②一种思维、一个视角如果压制、排斥其他思维和视角对世界的认识和解释，它就会变成一种社会的压抑性力量，造成人道的和种族的灾难，进而也会否定它自己对世界的有限的真理认识。

许多研究者经常批评后现代/解构理论的反本质主义是另一种形式的本质主义，对差异、多元的过分强调和迷恋会陷入一种新的二元对立，以差异压抑同一是另一种形式的逻各斯中心主义，美国哲学家J.马什甚至宣称："解构主义正在解构自身。"确实，后现代/解构理论使用的不是一种真空中的或来自遥远的其他星球的思维和语言，只要从事理论活动、只要一思考，就不能不与人类的任何一种既定的思维产生瓜葛，就不能离开一般性、普遍性或本质。德里达曾意识到解构理论中存在的"自我参照性的悖论"："为了攻击形而上学而不使用形而上学的概念，这样做毫无意义。我们没有任何与这一历史毫无联系的语言、语句和语汇，我们无法说出一个解构性命题而这个命

---

① 伊格尔顿：《后现代主义的幻象》，华明译，商务印书馆2002年版，第119页。
② 王治河：《扑朔迷离的游戏——后现代哲学思想研究》，中国社会科学出版社1998年版，第198页。

题又没有滑入这个命题想要驳斥的那种形式、逻辑和隐含的假定之中。"① 正因为如此，美国新实用主义哲学家罗蒂才选用新的词汇、新的概念、新的术语对传统的理论问题进行清理，因为罗蒂同样也意识到，在任何情况下，要想有效地对某种观点进行反驳都不得不在表述了这种观点的现存概念和术语中去寻求支持。德里达的困惑和担忧是宿命的，而罗蒂的实用主义式的乐观是暂时的、策略的。因为任何新的词汇也只能在现存词汇中去寻找，即使是一个赋予了全新释义的概念或术语，它也会在词语使用的历史中同其他词汇一样，终将难逃被日常语言的汪洋大海淹没的命运。德里达别出心裁创造的一些解构术语（分延、播散、踪迹、增补）与他的解构理论一起正在语言的"自动化"过程中消磨刚出道时的亮丽和锋芒。

如此说来，后现代/解构理论是否真的在玩一种"没有底盘的游戏"、真的在一种自我指设的悖论中沉溺于能指的狂欢？我认为，对后现代/解构理论的所谓"自我参照性的悖论"应从语境和语义悖论的两个层面理解。

首先，后现代/解构理论的反本质主义应从语境角度来理解：它所强调的差异诞生于现代性的同一性话语不恰当地占据霸权地位的语境中。后现代/解构理论对差异的强调也并不会构成对同一的压抑，它对同一性的反抗无非是把同一性思维放回它应该在的位置。差异、多元性思维处在同一性思维的对立面，它只是显示了一个可能的状态，并不最终指向某个确定的思维。或者说它的使命就是要反抗任何形式的思维霸权。因此，后现代/解构强调差异的最终目的不应被理解为定向地排斥哪一种思维，相反，差异多元包含了一切可能的思维

---

① 转引自王治河：《扑朔迷离的游戏》，中国社会科学出版社1998年版，第176—177页。

向度,这其中自然也地包括被现代性过度使用的同一性思维。只是这种思维应该在一个新的语境中重新启程而已。

其次,后现代/解构理论所谓的"悖论"还可以从语义学悖论的角度来理解和消除。很久以前,古希腊的哲学家就发现一个令人困惑的问题:人们无法判断"我正在说谎"这句话的真假,不论假定这句话是真还是假,都会推出相反的结论,这就是人们所熟知的"说谎者悖论"。在20世纪初,罗素发现了著名的"集合论悖论",它的通俗版就是所谓的"理发师悖论":一名理发师的招牌上申明:"城里所有不自我刮脸的男人都由本人替他们刮,本人也只给这种人刮。"那么,谁替这位理发师刮脸?结论是,不会有任何人可以替这位理发师刮脸。悖论似乎引起认识的混乱,但实际上却推进了人类认识的深入。罗素提出的"逻辑类型论"就是为消除悖论做出的一个积极而富有成效的初步尝试。逻辑类型论的根本原则就是把命题和它所指的对象区分为不同的层次,即命题自身并不包括在它所指的对象中。也就是说,人们把某一总体命题所指的对象作为一个层次,而把总体命题本身作为比上述层次更高的第二个层次,并以此类推。一切有关对象的陈述,只在其本身类型层次中才有意义。例如,"我在说谎"这一命题自身不属于它所指的谎话的那个层次,因此,"说谎"这一陈述对于"我在说谎"这个命题就没有意义。这样,悖论就似乎得到了解决。[①]对后现代/解构理论的理解似乎会引出类似的问题:"解构理论是否解构自己?"解构理论认为,西方的知识传统就是"逻各斯中心主义"、是形而上学、是"在场"对"不在场"的压抑,因此必须彻底解构西方的一切知识传统。而我们对"解构"的理解只能在解构理论批判逻各斯中心主义是否恰当这一层次来判

---

① 丁子江:《思贯中西》,中国工人出版社2003年版,第350—353页。

断,从逻辑上说"解构理论"本身不在这一个层次。当然,并不是说,解构理论为自己建立了一个批判的豁免权,实际上,后现代/解构理论在批判西方一切传统的形而上学时,并未放弃自省意识。这已经不是语义悖论的范围了。

三、视角主义与有限本质论:文学理论选择的可能性

长久以来,人们已经形成了一个思维惯性,文学研究首先回答"文学是什么"似乎是一件天经地义的、不言自明的工作。而避开这个问题才是一件不可思议的事:研究对象是什么都没有弄清,文学研究的科学性何在?不解决"文学的本质"这块文学研究的基石,文学理论体系的大厦如何建成?于是,在众多的文学理论著述和教材中,我们开篇就会看到"本质论"、"本体论"的章节。[①]但是,据美国文论家乔纳森·卡勒的考察,西方的文学写作已经有两千五百年的历史,但是,界定"文学"含义的企图刚刚出现一个半世纪左右。很长的时间里,文学仅仅意味着"文章"甚至"书本知识":"19世纪末以前,文学研究还不是一项独立的社会活动;人们同时研究古代的诗人和哲学家、演说家——即各类作家,文学作品作为更广阔意义上的文化整体的组成部分而成为研究对象。因此,直到专门的文学研究建立后,文学区别于其他文字的特征问题才提出来了。"[②]显而易见,近代的科学主义派生的学术规范以及大学内部文学系的设置无

[①] 据有人考证,哲学中的"本质"和"本体"并非一回事,同样,文学本质论和文学本体论也不同。既有理解的错误,也有汉语翻译的原因。见杜伟:《文学之本体与本质辨析》(《绥化师专学报》2003 年第 4 期);张荣翼:《文学的本源、本质和本体》(《江海学刊》1994 年)。

[②] 乔纳森·卡勒:《文学性》,见《问题与观点》,史忠义、田庆生译,百花文艺出版社 2000 年版,第 30 页。

不要求赋予"文学"一个清晰的、确定的内涵。卡勒的考察给我们的启示是：对文学本质的追问只是西方现代文学理论建立的研究范式，相对于此前的西方诗学、中国的古代文论，相对于当代的批评理论、文化研究，这一范式在关于文学的话语中并不具有唯一性和普遍性。也就是说，对文学的研究或关于文学的话语并非一定要解决文学的本质问题。

19世纪以来，西方文学研究一直试图找到能够把"文学"与其他文化文献区分开来的"文学的特性"或"文学的本质"：审美、想象、情感、形象、表现、再现等，但每一种对文学本质的界定依然会留下在这一理论范式中无法解释的难题，每一被确认的文学的本质或特性总会在其他社会文本中同时出现。这样，文学本质研究中大量出现的反常现象宣告了19世纪西方文学理论依据形而上学途径追索文学本质论的企图的破产。20世纪初，俄国形式主义和新批评转而从语言和形式开始新一轮朝向文学本质的跋涉之旅。俄国形式主义把文学的本质定位在"文学性"上。雅各布森认为："文学科学的对象并非文学，而是'文学性'，即使一部既定作品成为文学作品的特性。"[1]在文学作品中，能够体现出"文学性"的、能够区分文学与非文学的特质就是"文学语言"或"陌生化"语言——与日常语言有别、对日常语言进行变形、强化、甚至歪曲的语言。但是，俄国形式主义最终却无法肯定，他们所论证的文学语言不会出现于种种非文学话语之中。雅各布森承认："在有轨电车上，您可以听到许多玩笑话，它们与最微妙的抒情诗有着相同的结构；而闲暇时神侃的结构规律竟然与短篇小说的规律相同。"[2]这在某种意义上等于宣告形式主义

---

[1] 罗曼·雅各布森：《诗学问题》，转引自史忠义：《关于"文学性"定义的思考》，载《中国比较文学》2000年第3期。

[2] 同上。

探索的失败。在俄国形式主义之后的新批评同样相信文学存在一个不变的文学性，他们把追寻的目光集中于诗歌的语言与修辞中，提出了张力、反讽、悖论、含混、复义、肌质等诗学概念。（第二节已对新批评理论中的本质主义作过分析，这里不再赘述。）

西方 19 世纪以来关注于文学特性、试图给文学界定一个永久的含义的努力在 20 世纪 60 年代以后的西方批评理论中被认为是文学研究中典型的本质主义。后现代/后结构主义、后殖民理论、文化研究从不同的角度质疑文学研究中本质主义的思维方式。伊格尔顿的一段话代表了 20 世纪后期西方文学研究的转向："我们可以一劳永逸地抛弃下述幻觉，即：'文学'具有永远给定的和经久不变的'客观性'。任何东西都能够成为文学，而任何一种被视为不可改变的和毫无疑问的文学——例如莎士比亚——又都能够不再成为文学。以为文学研究就是研究一个稳定、明确的实体，一如昆虫学是研究各种昆虫，任何一种这样的信念都可以作为妄想而加以抛弃。"[1]伊格尔顿否认文学有不变的"本质"，"什么是文学"的问题只有返回到具体的社会历史语境中，依据不同时期的文学观念才可以作出回答。"什么是文学"是历史性的问题，而不是形而上学的问题。

中国的现代文学理论并不是中国古代文论的自然生成和延续的产物，而是西方现代文学理论影响的产物。所以，中国现代文学理论从出生之初就致力于完整的文学理论体系的构建和对文学客观本质的寻找，与西方不同的是建国之后把文学理论的体系牢牢地建立在马克思主义的哲学基础之上——先是苏联阐释的马克思主义、后是中国理解的马克思主义。新时期之前，当代文学理论是认识论（反

---

[1] 伊格尔顿：《20 世纪西方文学理论》，伍晓明译，陕西师范大学出版社 1987 年版，第 12 页。

映论）文学观的一统天下：文学是社会现实生活的反映，是一种社会意识形态。新时期之后，建立了多元文学观，其中以"审美意识形态论"影响最大。在特定的时期，审美论对文学的审美特性的强调有其历史的功绩，而在一个变化的社会生活和文化语境中，审美论又有明显的局限。本章第三节已经从后现代理论的反本质主义的角度对审美性文论作了解读，这里再补充一点。在一个多元化的前提下，对不断变化的文学的研究可以而且应该敞开多种思路，审美意识形态论对文学活动中的审美性质的研究无疑具有它的合理性，但它也只能是文学研究多种可能性中的一种思路，如果把它的合理性强调到不适当的程度，既会对文学研究的其他维度构成压抑，也会损害审美型文论自身的学理性。

90年代后期以来，中国文学理论的研究似乎面临一个本质主义/反本质主义的选择难题。一方面，文学理论、文学批评不能回避后现代/解构理论带来的思维方式变革的巨大存在；另一方面，文学理论和文学批评话语，特别是在大学文学系的文艺学学科教学中，又离不开必要的概括、归纳和判断，似乎又难以避免本质主义的陷阱。其实，这是对反本质主义的简单理解，是一种非此即彼的二元对立的思维定式。如果把反本质主义理解为不要任何概括、判断，那么这种反本质主义是不存在的。实际上，概括、判断、归纳、演绎是人类的基本思维方式，反本质主义实质上是反对把具体语境中特定视角的发现普遍化、神话化进而转变成一种压抑力量。

我认为，我们应基于不同的话语实践目的，把关于文学理论的话语实践区分为学术研究和学科教学两大区域，在不同的区域采用不同的策略。

1. 在学术研究中，可以采用视角主义的话语策略。"视角主义"是当代西方的一股主要的哲学思潮，它认为存在着多种可供选择和互不等同的概念体系或假设体系,在各自体系里都能解释世界,因为不存在权威的客观的选择方法。视角主义的方法论特征就是对一种固定不变的观点的放弃,主张视角的多元化、多面化。对现实世界的解释不能是一元的、单向度的,而应是多元性的、多维度的、歧义的和多视角的。[①]学术研究的目的就是要探索对事物认识的多种可能性,或者说,这种认识是沿着时间的维度无限敞开的,而任何单一的视角都无法避免对事物多种可能性的遮蔽。视角主义给我们的启示是,当代文学理论研究和文学批评应该营造一个真正的多元化氛围,放弃建立一个具有弹性阐释能力或通过修补具有无限适用性的理论体系的冲动和幻想。在一个具体的研究和理论著述中,研究者只能使用一个视角、建构一个有限的阐释体系,同时要对自己的视角和体系时刻保持自省意识,意识到它的有限性。在学术研究的宏观范围内,某个视角和体系的选择并不意味着对其他视角和体系的否定。而各种研究视角之间的对话也只是一种有限的对话,即只能在不同视角的交叉处——共同的问题上进行对话和交流,更多的问题可能无法交流,因为不同的视角意味着不同的理论范型,而不同的理论范型则意味着看世界的不同方式。在这个意义上,实践是检验真理的标准在学术研究中未必完全适用,因为每一个"真理"都可以在自己的问题视野内找出能够验证自己结论的"实例"。按照海德格尔的解释,"真理"就是"无蔽"或"敞亮",如果确曾存在一个"真理",那它或许分散于事物的多种、多重属性之中,只有通过多种视角的"去蔽",才可能达到或接近"敞亮"即真理。

2. 在文学理论的学科教学中,可采用有限本质论的策略。如果说,西方现代意义上的文学研究的兴起最初是科学研究规范的影响,

---

① 王治河:《扑朔迷离的游戏》,中国社会科学出版社1998年版,第179页。

那么随着 19 世纪现代学院机制在西方的普遍建立、社会对大学的知识再生产功能的定位,文学研究的学科化正是为自己在现代大学体制中谋求一个稳定的合法化地位的自我诉求。这样,文学研究中的个人化、情感化因素不得不在文学研究的学科化过程中被压抑、过滤、排斥,以普遍化、一般化、明晰化的可传递的知识形式出现。这个过程代表了权力话语、大学机器对个性化知识的整合。① 在现阶段,文学研究或文学理论依然处在现代大学教育体制之内,文学理论研究中学术专著的前沿性、多元化不得不某种程度地转变为文学理论教学的标准化、科学化和文学理论教材的稳定性、滞后性。也就是说,大学的文学理论教学(包括教材的编写)使用有限的本质论将是在一个可以预见的阶段内(大学教育机器的稳定性)的客观要求。但这决非意味着文学理论学科教学中的本质主义的合理性,而只能看做是现阶段的一种策略:既反对文学理论中根深蒂固的本质主义,又要对文学理论教学和教材编写中使用的有限本质论时刻保持必要的警觉和自省意识。

---

① 当然,这也并不意味着权威话语对创新思维的完全覆盖,正如阿尔都塞所说,任何占主流地位的意识形态总会在它的统治中留下缝隙。因此,大学也是整个社会机制中最具反思能力的空间。

第三章 松动的边界

——文化研究的兴起及文化批评对审美批评的挑战

"文艺学"作为现代文学理论知识体系是与中国现代文学观念的形成和中国现代教育制度的建立同步的。如果不是从严格的意义上使用"文艺学"的话,那么,文艺学在中国已有百年历史。1902年颁布的《奏定大学章程》在"中国文学门"的课程中设置了"文学研究法"——含有文学概论因素的一门课程。[①]而如果对当代中国的"文艺学"传统进行准确定位的话,它的历史可以追溯到20世纪40年代,其标志就是对苏联的社会主义文艺学的借鉴和作为中国社会主义文艺学的权威表述和经典文本的《在延安文艺座谈会上的讲话》的发表。历经半个多世纪的磨难与曲折,至20世纪90年代文艺学已成为大学教育机制中的一个成熟学科。[②]世纪之交,正当文艺学雄心勃勃地要建立中国特色的马克思主义文学理论体系或"中国学派"之时,90年代初露端倪的文化研究似乎积蓄了足够的能量,在一个看上去成熟的学科内"生产"出一系列的问题,有些问题甚至可能

---

① 程正民、程凯:《中国现代文学理论知识体系的建构》,北京大学出版社2005年版,前言、第5页。
② 文艺学学科成熟的标志是被教育行政主管部门的学科体制设置认可,但它并不必然意味着作为一种知识体系的成熟。

危及文艺学的学科基础和存在理由。文艺学界因文化研究引起的争论构成了90年代以来中国文论转型的又一看点。我们的问题是：文化研究何以兴起？文化研究何以要挑战传统的文艺学研究？传统的文艺学研究为何会受到质疑？文化研究把研究对象从传统的文学研究中的经典扩大到大众文化，或特别青睐于大众文化研究，这种研究在中国当下的语境中有多少合理性？从西方引进的文化研究在中国的有限性又是什么？

第一节 意味深长的"边界"之争

一、盟友的出位

中国的文化研究与文艺学在借鉴当代西方批评理论资源、构建自身话语的过程中曾经有过很好的合作关系，或者说在一个特定的语境中，中国的文化研究曾经为文艺学/文学理论建立精英色彩的审美批评范式效过犬马之劳。这要从20世纪80年代说起。

起于20世纪80年代后期的文化研究，严格地说是文化批判。在80年代中国引进西学的氛围中，"西方马克思主义"的各种理论对中国学界有着特殊的魅力：既切合了思想解放的时代趋势，又保证了在中国主导意识形态的语境中的安全性。其中法兰克福学派的社会批判理论至今对中国的文化研究仍保持着复杂的影响。虽然法兰克福学派的社会批判理论内部存在诸多差异，但其主要理论家在对当代资本主义社会的批判上有着大致相似的立场。① 概括地说，他们认为当代资本主义已经把社会整合为高度同一性的社会，工人阶级已经变成没有反抗性的单向度的"大众"，大众文化/文化工业丧失了艺术的反抗性和异质性，成为维护资本主义统治的"社会水泥"。只有审美"自律"的高雅艺术才可以保持对资本主义社会的批判，才可以拯救被"异化/物化"的大众。应该说法兰克福学派对大众文化/文化工业的批判在80年代的中国并没有多少切实的现实所指性，中国学界更看重的是法兰克福学派对审美主义的高扬、对艺术"自律"的强调。这对80年代文论界清算政治工具型文论、建构审美自主型文艺学是难得的理论支持。所以说80年代后期出现的文化研究实质是缺乏"所指"的文化批判，其心猿意马的特征客观上成为当代主流文艺学建构过程中的可靠盟友。

90年代中国特殊的市场大潮催生了中国特殊的大众文化，这使中国的文化研究/文化批判找到了具体的批判/研究对象。中国文论界的文化研究一方面延续着80年代的文化批判，另一方面在90年代后期引进了20世纪60年代创立于英国伯明翰当代文化研究中心、80年代蔓延西方的"文化研究"（cultural studies）理论。后者扬弃了精英主义的立场，注重对所谓不登大雅之堂的亚文化、消费文化和大众传媒的研究。这一意义上的文化研究使用了广阔而复杂的知识资源，除了继承英国利维斯主义批评传统和法兰克福学派的社会批判之外，还吸收了20世纪语言学理论、福柯的知识考古学和史学理论、当代文化人类学和社会学理论。由此形成了文化研究的边缘性、批判性、

---

① 法兰克·福学派的社会批判主要体现在马尔库塞的《单向度的人》（上海译文出版社1989年版）、《爱欲与文明》（上海译文出版社1987年版），霍克海默的《批判理论》（重庆出版社1989年版），霍克海默与阿多尔诺的《启蒙辩证法》（重庆出版社1990年版）等著作中。法兰克福学派另一重要理论家本雅明与他们略有不同，这种差异只是到了90年代后期才被中国学界关注。

实践性和跨学科性的特征。正是在这一新的知识平台上，90年代后期中国的文化研究开始了新一轮的译介，①许多从事传统文学研究的人都曾在文化研究上一试身手。文化研究涉及通俗文学、流行歌曲、城市规划、广告、时装、酒吧、电子传媒等众多领域和话题，一时似乎形成了一个"文化研究热"。即使如此，文化研究并未与传统的文学研究或文艺学②构成正面冲突，虽然后者明显地感受到了文化研究的热浪。

回头再看文艺学。到了90年代，文艺学由80年代在社会思想领域的冲锋陷阵退回校园，稳步地推进文艺学的学科建设，在学院体制内建立自己稳固的领地。高校众多的文艺学教学研究人员和教育体制内三级学位点的设立标志文艺学学科的成熟。虽然学科内偶有反思之声，但这些声音太过微弱，并未达到对学科危机的警示效果。

虽然90年代后期异军突起的文化研究与80年代后期确立的文艺学模式在研究旨趣上分道扬镳，但它并不必然地对走向成熟的文艺学学科构成冲击。只有当二者被联系在一起，或者说把文化研究作为克服文艺学因成熟而略显僵化的手段、为文艺学注入理论活力、要求文艺学扩大研究对象、改变研究思路和方法时，文化研究与文艺学的冲突才不可避免地显现出来。

文化研究与文艺学之间的争论因"日常生活的审美化"命题的提出而浮出水面，讨论的相关文章集中见于《文艺争鸣》2003年第6期在"新世纪文艺理论的生活论话题"的栏目中的一组文章、《文

---

① 大规模的译介有刘东、黄平主编、译林出版社出版的"人文与社会译丛"和张一兵主编、南京大学出版社出版的"当代学术棱镜译丛"，其中有众多的文化研究译著。中国本土的文化研究实践见李陀主编、江苏人民出版社出版的"大众文化批评丛书"。
② 除非在教材中，文学研究、文艺学、文学理论、文学批评是界线不清、使用随意的一组概念，后文将作尝试性的梳理。

艺研究》2004年第1期刊发的一组文章以及2003年和2004年《河北学刊》、《文艺报》、《中华读书报》等报刊刊发的一些文章。双方至少在学科现状、学科边界、现实描述和价值判断四个方面存在分歧。

1. 对文艺学学科现状的判断。由于文化研究者大多来自文艺学的学科内部，他们在转向文化研究的同时自然会联系自己出身的学科的现状。他们认为，进入90年代以来，社会的政治、经济、文化和文学发生了巨大的变化，而"文艺学研究与公共领域、社会现实之间曾经拥有的积极而活跃的联系正在松懈乃至丧失"。[1]因此，应重建文学理论、文学批评与公共领域的有机联系。而文化研究从根本上说是一种具有批判性的研究，是一个解放工程。文学批评家应当自觉地参与重大的文化价值问题的讨论，并把这种讨论与自己的学术研究有机地结合起来，建构一种以学术研究为基础的对抗性的公共领域。[2]文艺学研究者认为，文学和文艺学的"边沿化"是一种"常态"，而建国之后到70年代甚至80年代文学/文艺学处于社会的中心、被看成是时代的晴雨表恰恰是一种"异态"。[3]90年代以来文艺学度过了学科发展的常态期，文艺学研究应该吸收文化研究的方法和视野，但文学理论建设是一个不断累积的过程。文学理论建设不应该因为文化转向了，把审美、语言全丢了。[4]

2. 文艺学是否应该"扩界"？文化研究者认为，学科和学科的边

---

[1] 陶东风：《日常生活的审美化与文化研究的兴起》，载《浙江社会科学》2002年第1期。
[2] 陶东风：《跨学科文化研究对于文学理论的挑战》，载《社会科学战线》2002年第3期。
[3] 童庆炳：《文学独特审美场域与文学人口》，载《文艺争鸣》2005年第2期。
[4] 童庆炳、耿波：《从文本中来到文化中去——关于"文化诗学"理论构想的对话》，载《文艺报》2004年10月12日第3版。

界都是历史的人为的建构，文艺学的学科边界、研究对象、研究方法都不是一成不变的。90年代以来，社会文化环境和文艺活动的存在方式、生产、传播和消费方式都发生了变化，文学逐渐边缘化，文艺学要走出对经典的审美研究的圈子，回答"日常生活的审美化"问题，而不是首先考虑自己的学科边界问题。①文艺学研究者认为，文化研究并不总以文学为研究对象，甚至完全不以文学为研究对象，与文学研究无关。文化研究有公式化、简单化的局限性，只关注自身的理论，并不能达到对文学的思想和艺术个性的解读，结果远离了文化研究人文关怀的初衷。②另外，审美是有层次的，即使当代日常生活存在审美的因素，也是属于浅层次的审美活动构成的形式要素，是作为感官的评价的审美层次，文艺学研究应进入更高的审美层次。文艺学学者的越界研究如广告研究，并非就是文艺学研究③

3. 如何描述现实？文化研究者认为，90年代中国经济进入快速发展时期，在中心城市和东部地区消费主义兴起，"审美活动已经超出所谓纯艺术/文学的范围，渗透到大众的日常生活中"，占据大众文化生活中心的已不是传统的经典艺术，而是广告、流行歌曲、时装、电视连续剧等。④即使中国目前的经济格局中存在城乡差别、东西部差别，但90年代中国的消费主义兴起（包括农村和西部地区）

---

① 陶东风：《移动的边界与文学理论的开放性》，载《文学评论》2004年第6期；阎景娟：《从日常生活的文艺化到文化研究——论文艺学的"划界"、"扩界"与"越界"》，载《文艺争鸣》2003年第6期。

② 童庆炳：《文艺学边界三题》，载《文学评论》2004年第6期。

③ 童庆炳：《文艺学边界应如何移动》，载《河北学刊》2004年第4期；郑惠生：《论文艺学的越界——与陶东风教授商榷》，载《新疆大学学报》（社会科学版）2003年第1期。

④ 陶东风：《日常生活的审美化与文化研究的兴起》，载《浙江社会科学》2002年第1期；宁逸：《消费社会的文学走向》，载《文艺报》2003年10月14日第3版。

绝不是一个纯粹的经济事件,[①]而是中心城市的消费主义意识形态观念辐射和当代大众传媒（遍布千家万户的电视）传播的结果。文艺学研究者认为,文化研究者描述的消费文化和日常生活的审美化并不是真正的大众文化,实质是新兴的城市中产阶级或白领阶层的小资文化、低级趣味的文化。"对于中国社会的整体状况而言,或者对于大多数中国人的生存现实而言,放言'消费社会'还为时过早。"[②]从而用"日常生活的审美化"研究取代文学研究也还为时过早。

4. 价值判断：文化研究是研究、批判现实还是认同、拥抱现实？文化研究者认为,中国部分地区和部分人口确实进入了消费主义的时代,"日常生活审美化"是一个客观存在的事实,即使是一个目前在数量上没有优势的事物也值得去研究。研究一个事物并不必然地意味着认同或赞美它,即使要批判也应该建立在学术可靠性的基础上。[③]文化研究的批评者却认为,所谓日常生活的审美化或美学的泛化即使是现实中确实存在的现象,那么引发这场美学革命的动力是"技术"。"但是,如果这股强大的技术力量并不全是那么美妙、善意,甚至还带有某些负面的影响,甚至还携带着不同程度的促狭、阴邪和险恶呢？……那么,由技术推动并引导的这场'美学革命'也许就不那么让人乐观了。"因此,日常生活的审美化即使是现实的,也未必是合理的,文化研究者必须对此做出自己的价值判断。[④]

以上对讨论的概略的考察未必全面,但从中我们依然可以看出

---

① 汪晖：《90年代中国大陆的文化研究与文学批评》,载《电影艺术》1995年第1期。
② 赖大仁：《"消费社会"与文学走向质疑》,载《文艺报》2003年10月28日第3版。
③ 陶东风：《也谈日常生活的审美化与文艺学》,载《中华读书报》2005年2月16日。
④ 鲁枢元：《评所谓"新的美学原则"的崛起——"审美日常生活化"的价值取向析疑》,载《文艺争鸣》2004年第3期。

争论各方有较大的分歧。这场讨论是否会向深度拓展？对以后的文艺学发展将产生何种影响？对这些问题的回答现在还为时尚早。但可以肯定的是，这场讨论和论争确实对文艺学产生一定程度的触动或冲击。

二、文化研究与文艺学之争：从几个相关概念谈起

文化研究与文艺学的论争确实发生了，虽不是硝烟弥漫，却是文章迭出。我们的问题是：文化研究到底是否构成对文艺学的冲击？如果回答是肯定的，那么文化研究又对文艺学产生了怎样的冲击？如何判断和评价这种冲击？由于"日常生活审美化"的讨论是90年代以来发生在文艺学内部的一次影响较大、涉及面较广的论争，属于90年代以来中国文论转型话题的题中之义，因此，下文将谈谈自己的一点思考和体会。

这场围绕文艺学与文化研究的讨论常常涉及两组关键词：一组是文学研究、文艺学、文学理论/文艺理论、文学批评、审美批评；另一组是文化研究、文化批评。我的感觉是一些争论文章在使用这些概念时有些随意，没有对概念的内涵和外延作必要的设定，从而可能会给论争带来本来可以避免的词语的损耗，妨碍了讨论的效率。在此本人依据有限的阅读视野，先对上述两组概念进行尝试性的梳理，再回答开头提出的问题。

先梳理第一组概念。对第一组概念的讨论主要依据以下教材或专著：韦勒克、沃伦合著的《文学理论》（刘象愚等译，三联书店1984年版）、刘若愚的《中国的文学理论》（赵帆声译，中州古籍出版社1986年版）、童庆炳主编的《文学理论教程》（高等教育出版社1998年修订版、2004年修订二版）和王一川的《文学理论》（四川人民出版社2003年版）。之所以选以上四本教材或专著是因为它们对

这组概念的界定有自觉的意识，而且它们之间存在着一定的借鉴关系，并在国内产生了较大的影响。

"文学研究"是一个范围很大的概念，可以用一个同义反复的方法来界定它：文学研究就是对文学的研究，"是一门知识或学问"，"是一个不断发展的知识、识见和判断的体系"。[1]尽管有广义的文学研究（把现代意义上的"文学"等同于其他文献资料）与专业的文学研究（18世纪以来的文学研究）之别，尽管历史上人们从未对"什么是文学"达成共识，但在一个具体的语境中文学还有一个约定俗成的范围（至于将来一个"文本"还是不是文学，那是以后的事情了），这样"什么是文学研究"应该不会有什么疑义了。但对于如何来称呼文学研究这项工作，韦勒克认为在英语词汇中没有恰当的名词，"文学学"、"语言学"、或者 research（反复搜寻）都不妥当。不过韦勒克认为"文学研究"（文学的研究）可以划分为三个分支：文学理论、文学批评和文学史。[2]刘若愚在《中国的文学理论》中则把文学的研究划分为文学史和文学批评，文学批评包括理论性的批评（又分为文学的理论和文学性理论，也就是我们通常所说的"文学理论"）和实用批评（又分为阐释和评价）。[3]虽然刘若愚对文学研究划分更细一些，但与韦勒克的观点没有实质的区别。只是"文学批评"在刘若愚的著作中是广义的，而在韦勒克的著作中是狭义的。

韦勒克关于文学研究的专有名词的困惑在中国版的文学理论教材中得到了解决。在童庆炳主编的《文学理论教程》（2004年版）中把"文学的研究"统称为"文艺学"，并借鉴韦勒克的分法把文艺学分为文学理论、文学批评和文学史（1998年版还包括文学理论史

---

[1] 韦勒克、沃伦：《文学理论》，刘象愚等译，三联书店1984年版，第1、6页。
[2] 同上，第31页。
[3] 刘若愚：《中国的文学理论》，赵帆声译，中州古籍出版社1986年版，第1—2页。

和文学批评史)。^①由此看来,这部教材中"文艺学"的概念涵盖的范围很大,或者叫它是广义的"文艺学",文艺学与文学理论是种属的关系。

在王一川的《文学理论》中,"文艺学"(文学学)特指"文学理论",是在教育部学科体制设置中作为中国语言文学学科下辖的二级学科的"文学理论"。这里的"文艺学"是狭义的,是与"文学批评"、"文学史"并列的一个门类。文学理论就是文艺学。[②]

至此我们可以对这一组概念之间的关系作一个小结。"文学研究"在专业化的意义上等于广义的"文艺学"。"文艺学"虽有广义和狭义之分,但在日常语言甚至专业语言(论文、专著)中,常常是指它的狭义用法即"文学理论"(如"我是学文艺学的"、"推进文艺学的学科建设")。比较复杂的是"文学理论"与"文学批评"的关系。虽然这两个概念在童本、王本和韦本中是区分开来的平级概念,但实践中经常会混用,似乎难以把区分贯彻到底。比如,韦勒克在《文学理论》中把"文学理论"与"文学批评"并列,但第三部"文学的外部研究"中列举了文学研究的几种方法。它们也可以看做是文学批评的传记式批评、心理学批评、社会历史批评和哲理式批评。在《文学理论教程》中,设有"文学批评"专章。王一川的《文学理论》也设有"文学批评"专章,并且收入了"感兴修辞批评"的六个个案,这可以看做王一川追求的"理论的批评化、批判的理论化"的一次实践。所以"文学批评"和"文学理论"两个概念并不常常像刘若愚在《中国的文学理论》中那样被自觉地区别,在实际使用中二者经常互换,或者干脆通通叫"文论"。上面的讨论

---

① 童庆炳主编:《文学理论教程》,高等教育出版社2004年版,第4页。
② 王一川:《文学理论》,四川人民出版社2003年版,第4—5页。

有助于最后确定"审美批评"的位置。如果文学理论和文学批评可以互换使用的话,那么,审美批评可以指一种文学理论的范式——审美论文学观或审美型文论,它是历史上出现的各种各样的文学理论范式或文学观念中的一种,与之并列的有认识论文学观、生产论文学观、主体论文学观等;也可以指一种批评方法,它同样也是众多的文学批评方法的一种,与之并列的可能有社会历史批评、心理学批评、语言学批评、文化批评等。

再看第二组概念。"文化研究"和"文化批评"是既有区别又有联系的两个概念。"文化批评"(Cultural Criticism)是指对文学的文化视角的批评和研究。它既可以是一种文学理论的范式,① 也可以是一种文学批评的方法。作为一种批评方法,文化批评始自19世纪后期英国的马修·阿诺德和20世纪上半期的利维斯,他们的文化批评实际上是经典文学的批评,这些经典构成了英国文化/文学的"伟大的传统"。"文化研究"(Cultural Studies)是在"利维斯主义"的文化批评基础之上发展而来的一种研究范式。从"文化批评"到"文化研究"转变的标志是英国两位工人阶级出身的理论家理查德·霍加特的专著《文化的用处》(1958)和雷蒙德·威廉斯的专著《文化与社会》(1963)的出版以及1964年理查德·霍加特在伯明翰大学创立"当代文化研究中心"(CCCS)。他们继承了利维斯对文学的文化视角研究的传统,但扬弃了利维斯主义的精英意识和对大众文化的偏见,把研究对象从经典文学扩大到通俗文学和工人阶级社区中的亚文化。20世纪80年代以后,西方的文化研究吸收和借鉴了当代各种理论资源,把研究对象扩大到人类一切精神文化现象,特别是大

---

① 如南帆主编的《文学理论(新读本)》(浙江文艺出版社2002年版)可以看做是文化视角的文学理论。

众文化、消费文化、大众传媒，形成了文化研究的边缘性、批判性、实践性和跨学科性的特征。

至此，我们或许可以回答本节开始提出的问题。1. 跨学科的文化研究并不构成对文学研究（广义的文艺学）的挑战，因为文化研究与文学研究的对象不同。文化研究的对象虽然包含了文学研究的对象，但文化研究的兴趣并不在传统文学研究的对象——高雅文学上，而且文化研究的方法和目的也不会与文学研究重合。当然，如果一定要说跨学科的文化研究存在着挑战性的话，那么它挑战的是人文学科（文艺学、社会学、人类学、历史学等）之间形成的严重隔阂，并不专和文学研究/文艺学过不去。明白了这个道理，文学研究者或许对文化研究就没有那么大的火气和偏见了。这样，2. 文化研究也不会对文学批评和文学理论/狭义的文艺学构成挑战。因为文学批评、文学理论只是文学研究的子属概念，既然文化研究并不与文学研究过不去，自然也就谈不上对文学理论和文学批评构成冲击了。3. 文化批评也不会对文学研究（广义的文艺学）和文学批评、文学理论（狭义的文艺学）构成冲击。如果把文学理论与文学批评严格区分为文学研究的不同分支的话，那么，因为文化批评属于文学批评各种范式中的一种，从总体上说文化批评无法越过自己的种属概念而去挑战文学理论。文化批评与文学理论之间的关系借用一句俗话应是"井水不犯河水"。如果不对文学理论与文学批评作严格的区分，同样文化研究也无法挑战作为种属的文学理论/文学批评。所以，严格地说，陶东风的"跨学科文化研究对于文学理论的挑战"这个命题本身是存在问题的。[①] 4. 文化研究与审美型文学理论/文学批评没

[①] 陶东风：《跨学科文化研究对于文学理论的挑战》，载《社会科学战线》2002 年第 3 期。

有直接的关系，它们不在一个逻辑层次。但是文化批评确实对审美批评构成了相当严重的冲击和挑战，而且不仅仅是审美批评，它对处于同级逻辑层次的所有批评范式（心理学批评、语言学批评、伦理道德批评、传统的社会历史批评）都构成了竞争的关系，虽然这并不意味着文化批评不吸收其他批评的成果。

三、简短的评价

上述对这场争论涉及的两组概念的梳理或许是没有什么学术性的常识，但它对我们就这场讨论进行进一步的解读和评价或许有一定的帮助。这里仅就讨论中存在的问题谈谈几点感想，关于文化研究和文化批评在中国的合理性和限度将在后文讨论。

首先是关于"日常生活的审美化"的命名问题。"日常生活的审美化"这一命题是来源于西方文化研究中的一种思路，但这一命题却无法承担文化研究、文化批评所涉及的众多意旨，比如文化研究中的后殖民种族研究、性别研究、全球化时代的身份研究可能是这一命题无法涵盖的。再者，"日常生活的审美化"容易给人以误解。因为在中国的语境中，"审美"一词总是被赋予正面的价值意义，虽然提倡者解释说："西方论述日常生活审美化的学者（比如波德里拉）以及我本人，都不是在这个意义上使用'审美'这个词的。'审美化'这个命题中的'审美'指的是'感性化'、'虚拟化'、'符号化'，它至多是一个中性的描述术语。"[①]但是，由于日常生活审美化的主体是一个在数量上并不占多数的人群，而他们的所谓审美化的日常生

---

① 陶东风：《也谈日常生活的审美化与文艺学》，载《中华读书报》2005年2月16日。

活可能在常识上又是多数人所期望达到的生活水平（比如20—50年之后，中国进入中等发达国家水平），所以这一命题即使在提倡者那儿是中性，也抹不去其内含的赞美和认同色彩。所以质疑者还是要发问：究竟谁的生活审美了？

第二，道德主义的功能和限度。人文学科的研究既离不开知识的客观性（相对的客观），又有研究者的社会关怀和人文情结。相对于自然科学的冰冷，人文学科可能更多一点温暖。这丝毫不是人文知识分子的缺陷，相反是人文知识分子的骄傲，也是他们在从事自己的学术活动时的道德底线。但在具体的知识陈述时，道德主义也有它的限度。在关于文化研究、文化批评与文艺学学科的讨论中，我们似乎可以看到过多出场的道德主义身影。当然谁也无法否认中国存在着贫富不均或贫富分化，农村存在着2000多万生活在贫困线以下的农民，城市有大量的下岗工人。相信争论的双方都会在中国的贫困人口面前坚守自己的道德底线，但这与选取一个学术研究的对象没有太紧密的联系。如果一定要说贫困人口与那些城市白领或小资有关系，这种关系也只存在于政府的统计数字中（他们的贫困应该不是白领掠夺的结果）。其实是否关心农民、下岗工人对人文知识分子很重要（可以在参政时呼吁，那本是政府应该解决的分内之事），但对正在进行着的文艺学学科边界的讨论并不重要。道德主义不适当的出场会扰乱争论的知识性、逻辑性，使论争变成道德主义的表白，这种结果应是双方都不愿看到的。

第三，讨论的一个"误区"。前文对两组概念的梳理显示，文化研究和文化批评都不直接对文艺学学科构成挑战和威胁。我相信论争的双方应该能轻易地看到它们之间的非对等关系，但论争实际还是发生了。正像有人分析的那样，文化研究者都曾经是原有的文艺学/文学理论体系之中的，在文化转向前对原有的体系进行的批判在很大程度上是一种自我批判。①这种文化转向的根本原因是20世纪90年代以来中国社会和文化中发生的一系列的转型、社会和文化的空前复杂。而"文学话语对于中国社会文化的表征能力、阐释力与影响力变得非常有限,中国社会文化状况正在通过许多其他非文学的渠道与媒体得到表征"。②但这种文化转向的自我反思却使用了一个很大的口气——以跨学科的文化研究改造或拯救传统的文艺学学科。这在客观上刺激了原有文艺学体系中不愿转向的人们,他们认为,文化研究和文化批评只会断送文艺学学科。

按照我的理解,文化研究或文化批评既不能拯救也不会断送文艺学学科。文化研究和文化批评之所以会受到传统的文学理论研究者的批评,是因为文学理论研究者有意无意地作了两次概念的转换。

我们知道,从建国后到80年代,中国的文艺学/文学理论/文学批评一直是以政治工具型文论和庸俗的社会学批评模式为主,政治工具与审美自律的二元对立成为80年代之前历次文艺学斗争的主线,虽然后者从来都未获得足以与前者抗衡的话语权而一直处于被压抑的对立面。80年代之后,审美批评范式与其他批评范式一道清算了庸俗的政治工具型文论,并把它叙述为一种虚假的文学观、伪人文学科,同时把自己建构为科学的文学观。90年代之后,审美型文论在众多的文学观中逐渐取得了文学理论/文学批评的话语主导地位(这或许是因为它的历史的源远流长,或许是它在80年代之前的"苦大仇深",或许是因为提倡者的辛勤耕作)。总之,在21世纪初的中国文论语境中,审美型文论就成为文学理论——文艺学学科的代名词,

---

① 汤拥华:《告别与执守:有关文学理论的论争》,载《浙江社会科学》2004年第1期。
② 陶东风:《社会理论视野中的文学与文化·自序》,暨南大学出版社2002年版,第2页。

甚而成为文学研究（广义的文艺学）的象征。经过这两次的概念转换，文化批评对审美批评的挑战（文化批评只能挑战审美批评）就转换成文化批评和文化研究为对文学理论/文学批评/文艺学学科的挑战，进而成为对文学研究的挑战。

第二节　文化批评对审美批评的补充和拓展

让我们离开发生在世纪之初的这场争论，关注在文艺学中处于同级层次的文化批评与审美批评之间的关系，考察文化批评何以对审美批评构成挑战，文化批评能否给文艺学提供一个新的理论增长点，能否承担新世纪中国文论/文艺学转型的重任等问题。

一、文化批评的政治性诉求

伊格尔顿认为："文学理论就其自身而言，与其说是一种知识探索的对象，不如说是观察我们历史的一种特殊看法。……那种'纯'文学理论不过是学术的神话，因为我们在本书里研究过的某些理论在它们不理睬历史与政治的企图中最清楚地表明了它们是意识形态的东西。对于文学理论，不应责备它有政治性，应责备的是它对政治性的欺骗和无知。"[1]如果用伊格尔顿的观点来评价当今中国的主流文论话语——审美型文论，那么我们或许可以用"昨是而今非"来概括。在20世纪80年代，新时期文学理论的首要任务就是清算建国后长期占据文论话语霸权地位的庸俗的政治工具型文论。在审美主义

---

[1] 伊格尔顿：《文学原理引论》，文化艺术出版社1987年版，第229页。

大旗下聚集的各种文论（如审美浪漫主义、审美形式主义、审美心理主义、审美神秘主义）①对当代文学理论完成所谓的回归之旅可谓是功不可没。但在整个回归之途中，审美型文论是以"审美自律"的清纯形象出现的。今天看来，这种"清纯"只是审美型文论的外在形象，它还有另外一种形象，那就是它在特定语境中的"政治意味"。正如一位论者所言："我非常看重新时期文学理论研究的成就，只是，我认为它的意义主要不在于学理上，而恰恰在于政治的及文化的意义上。近20多年来，文学理论以西方思想为新思想，冲击传统文学观念，实质上是一次意识形态过程。它的真正和主要的意义就在于以文学观念的更新去带动政治及文化的变革，进而推动经济体制的变革。这一点，很多当年以'纯学术'、'纯文学'的名义去冲击'僵化'、'教条主义'的人们，事后都很坦率地承认自己行为的意识形态意义。"②其实，文学理论具有政治意味或意识形态意味并不是文学理论的耻辱，也不会损害它的学术性。但是，80年代审美型文学理论所反抗的正是工具型文论的政治化倾向，只是在当时的语境下，人们对文论的政治化存有本能的反感，没有把广义的政治化与庸俗的、简单的政治化区别开来。所以，审美主义文论对政治化的回避却暗含着一种政治化：审美主义文论恰恰是以"自律"的姿态于不知不觉之中清算了旧政治范式中的文论和旧文论范式背后的政治。

历史或许有自己的辩证法。政治话语在完成对旧话语范式的清算之后，当务之急是构建新型政治意识形态话语的权威性和合法性。而审美型文论曾经拥有的政治功能随着时间和语境的变化似乎已变得不合时宜。在与文论话语度过一个短暂的"蜜月期"之后，政治

---

① 余虹：《革命审美解构——20世纪中国文学理论的现代性和后现代性》，广西师范大学出版社2001年版，第5章。
② 黄力之：《为文化研究声辩》，载《文艺理论与批评》2003年第1期。

话语就会把这个新型的文论限制在文论自己所追求的"自律"范围内。在90年代初普遍的低迷情绪中,审美型文论无奈地回到学院之内,安心于审美型文学理论的学术研究和学科建设。同一种"自律",在80年代和90年代其实有不同的意义:前者具有反抗性,后者具有妥协性。但是,"文学的自律恰恰是在介入现实之后显示出来的。自律不等于孤芳自赏"。[1]缺少了"政治"这一"他者",自律也将难以真正获得自身。

90年代后期渐成声势的文化批评/文化研究,既可以看做是对政治话语为文学理论设限的一次突围,也是文学研究试图重返当下现实和政治的一种策略。文化研究的对象不限于文学文本,但又与文学结下不解之缘。不论是它的出身还是当代文化研究的具体实践,文化批评(文学研究的文化视角)都是文化研究的最重要的途径。文化批评对文学的研究当然不是像审美批评那样,以阐释经典文本的文学性为旨趣,而是以文学的文本分析为起点,从文学文本走向广阔的社会空间,揭示文本中存在的为审美批评所忽视的其他内涵,如文本中无处不在的意识形态、文本中隐含的权力关系、性别歧视、种族压迫等。我们可以说文化批评不是文学的审美研究,但不能说它不是文学研究。在文学研究的历史中,审美批评也是晚近出现的一种文学研究思路,20世纪的语言学转向(形式主义、新批评、结构主义、符号学)强化了审美批评在文学研究中的地位,但无论如何,审美批评不是文学研究的全部。如果文化批评/文化研究丰富了我们对作为文化之一部分的文学文本的认识和理解,揭示了在经济/政治不平等之外文化的不平等,并且这种不平等还会强化和再生产经济/政治的不平等,那么,看不出文化批评/文化研究缺少存在的理由。在这个

---

[1] 南帆:《文化研究:开启新的视域》,载《南方文坛》2002年第3期。

意义上，文化批评恰恰是对审美批评的补充。而如果仅以文化批评/文化研究对文艺学学科、文学研究的冲击（实际上是对审美批评的冲击）为借口而反对文化批评，则显示了审美批评的保守性和压抑性。

二、文化批评的大众化转向

文化批评/文化研究并不排斥对高雅文学文本的研究，只是在研究路径上与审美批评和其他批评不同，这可以看做是对文学文本蕴涵的多维性的一种敞开。但是，文化批评的开放性并不仅仅是在解读高雅文学的众多方法中增加一种新的视角，而是对传统的文学批评的边界的拓展——转向为传统批评所忽视的、认为不登大雅之堂的大众文化/通俗文学的研究。正是文化批评/文化研究的大众性转向才使自己在以经典/高雅文学和主流文学为对象的传统批评中显得异类。

90年代以来，伴随着大众文化的崛起，我们时常听到"文学边缘化"的哀叹（这里的"文学"多指经典文学、高雅文学，有时也指与其他符号媒介相对的包括通俗文学在内的语言作品）。在这种自怨自艾的叙述中，我们有理由推测似乎曾经存在过一个文学非边缘/中心的时代、一个高雅文学的"黄金时代"、一个"欣赏的时代"。如果说"文学"是指经典或高雅文学，那么所谓的"文学非边缘化"其实是一个虚构的神话。换言之，文学的边缘化并不是发生在大众文化崛起的90年代，而是从来如此；边缘化也不是缘自图像消费的冲击，而是文学的语言符号媒介的天然宿命。

对所谓"文学边缘化"的分析必须从中国大众的文化消费的历史变迁谈起。

我们经常会看到有人对大众文化消费进行量化的分析。如果从数量上考察中国的大众文化消费，我们可以得出一个结论：那就是中国从来就没有真正的大众的文学消费，即使这个"文学"指称的是包括通俗文学在内的所有的文学种类。文学的语言符号媒介性质决定了对文学消费的两个必要的前提条件：一是要有一定的文化水平（阅读能力）；二是要有相对充足的、可自由支配的闲暇时间。这两个条件在以农业为主、教育普及相对落后的中国古代社会自然无法满足，所以中国古代的大众是被排斥在以文学为主导的经典的"美的艺术"消费之外的，所以毛泽东才痛感文艺大众化的必要。新中国成立以后，文学在为政治服务、为"工农兵"服务的使命中冀望于大众化而达到普及化，但制约文学消费的两个条件并没有彻底地改观，加上过分强调文学的政治教化功能，所以文学真正的大众消费并没有形成。实际上，如果大众的可供选择的文化娱乐消费只是以文学为主导的经典的美的艺术，那么，在可以预见的时期内所谓"欣赏的时代"都不会出现，不独在中国。

既然文学的大众消费从未出现，为什么90年代之后"文学边缘化"之声迭起？这可能要从近代以来"精英文化"的变迁，关于"精英文化"的叙事及90年代大众文化的兴起寻找原因了。

在中国古代社会，由于文人、士大夫与政治的合一（文化精英与政治精英的合一），所以古代社会既不乏精英文化和高雅文学的创造，也不乏精英阶层消费精英文化和高雅文学的传统，却没有大众/百姓消费精英文化和高雅文学的传统，大众只有消费古朴的、粗糙的、散乱的民间文化的传统。"精英"从来都指称着少数，以使自己与芸芸众生相区别。在中国古代，文人、士大夫集精英政治和精英文化于一身，他们牢牢地控制了文化的话语权，成为那个社会的"立法者"。虽然大众/百姓的民间文化娱乐消费占有数量上的优势，但大众的民间文化消费根本无法挑战精英文化的中心地位。近代以来，科举制的废除中断了文化精英与政治精英合一的传统，开始了近百年来精英文化的衰落。① 精英文化虽然游离出政治话语的中心，但在文化话语中精英文化至少还保有中心的遗泽（一点真实）或假象（一种叙事）。90 年代，大众文化崛起，这种新型的大众文化借助了当代发达的机械/数字复制技术和无处不在的当代电子传媒，为大众提供了种类繁多的、廉价的、即时的文化消费产品，制约大众文化消费的两个因素在这种新型的文化娱乐消费方式中不复存在（对这种新型的文化和文化消费如何评价将是另一层面的问题，第三节将对此作进一步的分析）。可以说，90 年代大众文化的崛起，既打破了精英文化消费中心的假象，也改写了中国大众文化娱乐消费的历史，使中国文化消费进入了一个真正的"大众时代"。

所以，不能认为大众文化消费冲击了精英文化消费，因为精英文化从未全面进入大众的文化消费之中。同样不能认为图像文化冲击了语言文化（文学），因为 90 年代以来文学（主要是通俗文学）的消费随着教育和闲暇因素的改变反倒有了某种程度的增长（不是回升）。即使如此，文学依然不是当代大众文化消费的主要选择。

大众文化娱乐消费方式的变化对传统的审美批评范式提出了阐释的难题。应当承认，没有永远不变的文学观，也没有具有无限的阐释能力的批评范畴。在文学批评和文学创作之间历史地形成了一种共生的关系，它们共同构成不同的文学/文论话语系统。虽然我们不能完全否认不同文学/文论话语系统之间的适用性，但不同话语系统之间更多的是不可通约。审美批评与经典文学之间是一种互证互释的关系：审美批评通过对经典或高雅文学的解读，历史地建立了自己

---

① 陈平原：《近百年中国精英文化的衰落》，见陈平原：《当代中国人文观察》，人民文学出版社 2004 年版，第 1—19 页。

的一系列的批评范畴，如典型、意境、意蕴、意象、节奏、象征、党性、人民性、真实等；反过来，这些经典或高雅文学的创作也是这种审美理想的体现。而当审美批评面对大众文化/通俗文学文本时，它所使用的一系列的范畴就显示了阐释的有限性：或者把传统的审美批评观念贴在这些作品上（拔高），或者以审美文学观把这些作品贬得一钱不值，结果总是简单化。

  文化批评放弃了审美批评的精英主义立场和视角，发展出阐释大众文化文本的平民主义和民主主义的立场。义化批评的最终目的不是文学文本，也不是对文本进行美学评价。它并不把文本当做一个自主自足的客体，其目的也不是解释文本的"审美特质"和"文学性"，而是要揭示文本中的意识形态以及文本所隐藏的文化—权力关系。①可以说，当代文化批评早已走出了利维斯主义的经典研究传统，文化批评向边缘文本、大众文化文本的开放，构成了对90年代以来中国文论主导范式——审美批评的挑战，从另一个角度也可以看做是对文学批评对象和方法的拓展。文化批评并不代表文学研究的一切，进入大众文化生产和消费的当代社会并不会完全放弃精英文化和高雅文学的生产，时间在淘汰大部分大众文化产品的同时也会把一部分大众文化建构成新的经典。因此，文化批评与审美批评和其他批评一起，将会创造文学研究真正多元化的格局，为文论寻找新的突破和发展提供一个契机。

---

① 陶东风：《试论文化批评与文学批评的关系》，载《南京大学学报》（哲学·人文科学·社会科学）2004年第6期。

第三节 大众文化的中国形态与文化研究

西方的文化研究兴起于 20 世纪 60 年代的英国，80 年代在欧美的大学校园如火如荼地展开。几乎同时（80 年代后期），中国的批评话语中也出现了文化研究和文化批评的声音。如果说中国 20 世纪 80 年代后期出场的文化研究和文化批评只不过是新时期以来西方各种批评理论在中国旅行的直接产物，那么 90 年代后期中国的文化研究和文化批评就已经有了完全不同的意义：它不仅仅是一种新的西方理论在中国的"登陆"，而且是中国学界阐释 90 年代以来丰富而复杂的当代文化现实的一种尝试。

给予中国 90 年代文化研究和文化批评现实感和当下感的就是 90 年代以来中国的大众文化的兴起。由于普通的中国大众长期被排斥在以文学为主导的经典艺术的文化消费之外，所以，90 年代大众文化的出现标志着中国语境中一场真正的"大众"文化消费时代的来临。希利斯·米勒曾这样描述大众文化时代的文化消费："所有的统计资料表明，越来越多的人正在花越来越多的时间看电视或看电影。现在甚至出现了从看电视或看电影转向电脑屏幕的迅速变化。一度由小说提供的文化功能——例如 19 世纪的英国——现在已经转由电影、流行音乐和电脑游戏提供。"[①] 只是中国的特殊之处在于，中国大众并未经历经由小说提供娱乐和教化的文化功能这一阶段，而是直接进入图像时代的消费。

---

① 希利斯·米勒：《重申解构主义·全球化对文学研究的影响》，郭英剑译，中国社会科学出版社 1998 年版。

大众文化是中国 90 年代社会文化叙事的一个无法回避的存在，因此对大众文化的阐释和解读就成为中国学界的一件分内之事。虽然文化研究并不必然冲击/拯救渐趋保守的文艺学学科，但是，正如有人所说，中国大学中从事文艺学教学与研究的庞大队伍或居世界之首，其中汇集了一大批雄心勃勃的才俊之士，而在日渐饱和的传统文艺学的基本原理、基本命题中也难以挖掘出多少有新意的理论增长点，"文化转向"不论是对自己的学术拓展还是学术整体资源的"效益"最大化都不失为一件好事。①实际上，当代从事文化研究的主力很多是从文艺学转向而来，或兼营或专营。当然，为了不至于引起学科范围的争论，文化研究可以不叫文学研究，但不能回避 90 年代的文化现实。文化研究在西方虽然进入了学院，但文化研究与生俱来的跨学科传统也一直没有丢掉，文化研究在学科之间游走可能是保持它的活力一个必要条件。

按照后现代理论的反本质主义的观点，任何一种理论的普遍性总是建构的产物。生成于西方的文化研究和大众文化理论是西方文化传统和现实境况的共生产物，而中国的大众文化产生于一个截然不同的历史文化传统和当代特殊的意识形态语境中。因此，中国的大众文化研究必定要经历一个语境化和地方化的过程，也就是说，大众文化的中国形态是中国大众文化研究的起点。

一、西方对"大众文化"的界说

大众文化的中国形态这一说法自是强调它的特殊性，但对它展

---

① 陈晓明：《历史断裂与接轨之后：对当代文艺学的反思》，载《文艺研究》2004 年第 1 期。

开描述之时（这一描述本身就是一个视角的产物），我们不得不设定一个"他者"，这个他者就是西方的大众文化及其大众文化理论。因此，对大众文化的中国形态进行描述之前，我们把目光转向西方的大众文化理论。

西方对大众文化的界说各种各样，但从价值判断的角度，西方的大众文化界说大致可分为两类：正面评价和负面评价。以1964年英国伯明翰大学"当代文化研究中心"的建立为界线，此前的主流是负面评价或叫大众文化批判理论，此后则倾向于正面界说或叫大众文化研究理论。

在威廉斯把"大众文化"由"mass culture"改为"popular culture"之前，"大众文化"（mass culture）是一个确定无疑的贬义词（有人把"mass"译作"乌合之众"，有台湾的学者译作"麻思"[①]），这一源头可以追溯到利维斯。利维斯认为，英国在19世纪之前有一种生机勃勃的"共同文化"，而工业革命将一个完整的文化一分为二，一方面是代表了阿诺德所说的"所思所言最好的东西"的少数人文化，一方面是商业化的低劣文化：电影、广播、流行小说、流行出版物、广告等，这就是大众文化，它们被缺欠教育的大众不假思索地大量消费。

利维斯之后，美国大众文化理论家麦克唐纳对大众文化作了系统的批判。他在《大众文化理论》（1944年）中认为，一个世纪以来，西方事实上存在两种文化，一种是传统文化，可以叫做"高雅文化"，它主要见于教科书；另一种是"大众文化"，是为生产而成批制作出来，包括广播、电影、卡通、侦探小说、科幻小说和电视。麦克唐纳认为大众文化就是由商人雇佣的技术人员所编造的；其接

---

① 冯建三：《〈大众文化的神话〉译者导论》，三联书店2003年版。

受者是被动的消费者,他们的选择只有买与不买两种。在他的眼里,大众文化就是标准化、程式化、重复和肤浅的文化的同义词。

对大众文化的批判最激烈、最有影响的无疑是法兰克福学派。他们更愿意把"大众文化"称为"文化工业",以此区别于那种认为大众文化是自发地迸发出来的流行文化的错误想法。他们认为,当代资本主义已经把社会的一切领域都整合为一个"同一性"的社会,资本主义的文化工业生产的大众文化让大众/工人阶级毫无保留地予以消费。工人阶级丧失了阶级意识和政治反抗性,沉溺于资本主义提供的物质享受中,盲目追求快感,甘心忍受资本主义的奴役,成为单向度的人。大众文化成为维护资本主义极权统治的社会黏合剂。能够抵制大众文化的是另外一种真正的文化,即"高雅文化",它以对现实的批判和对未来的展望构筑一个审美的"乌托邦"的世界,从而唤醒无产阶级的阶级意识。

20世纪60年代以后,大众文化批判理论受到后起的文化理论家的广泛质疑。他们认为,大众文化批判理论没有充分了解社会和文化的变革,只罗列和批判了大众文化的现象,却没有能够对这些现象做出解释,影响了这一理论的批判力度。另外,大众文化批判理论对大众文化的激烈批判或许表现了某些知识分子集团中的怨言,因为大众文化以及大众文化带来的大众民主对这个集团长期享有的文化特权和他们维护的文化等级秩序构成了威胁。

雷蒙·威廉斯在他的《关键词:文化和社会词汇表》(1976年)中把"大众文化"由英文的"mass culture"改为"popular culture"以改变长期以来对大众文化的偏见,并对"大众文化"提出了影响深远的定义:

> 大众文化不是因为大众,而是因为其他人而得其身份认同

的,它仍然带有两个旧有的含义:低等次的作品(如大众文学、大众出版商以区别于高品位的出版机构);和刻意炮制出来以博取欢心的作品(如有别于民主新闻的大众新闻,或大众娱乐)。它更现代的意义是为许多人所喜爱,而这一点,在许多方面,当然也是与在先的两个意义重叠的。近年来事实上是大众为自身所定义的大众文化,作为文化它的含义与上面几种都有不同,它经常是替代了过去民间文化占有的地位,但它亦有种很重要的现代意识。[1]

英国左翼社会和文化批评家阿兰·斯威伍德在《大众文化的神话》(*The Myth of Mass Culture*,1977年)中同样质疑了传统的大众文化批判理论。他认为:"资本主义的经济模式、科学技艺以及资本主义之下的文化,绝非如阿多诺与霍克海默所说,已然或即将沉沦至'野蛮之境、无意义之域',并且也绝不是滑落到了无可挽回的地步;与此相反,资本主义所带来的经济成就与丰富的文化内涵及繁复性,已经臻至史无前例的顶峰。既然资本主义的经济毫无'最后的危机'可言,资本主义的文化也同样没有最后的危机之可能。实情绝非如此:资本主义的生产模式,适巧强化而不是摧毁了市民社会。"[2]而利维斯主义和法兰克福学派所指责的所谓"大众文化"的败坏文化和社会的功能实质是资产阶级制造的一个神话。大众文化之所以是"神话",是因为这一概念"把人群生硬的分作两类,认为凡夫俗子合当听命,不必也无能参与(文化),而精英或精英集团则提出主

---

[1] 雷蒙·威廉斯:《关键词:文化和社会词汇表》,刘建基译,三联书店2005年版,第356页,译文参考了陆扬、王毅的《文化研究导论》(复旦大学出版社2006年版,第259页)。
[2] 阿兰·斯威伍德:《大众文化的神话》,冯建三译,三联书店2003年版,第4—5页。

张，替大众遂行决策，作其君师。"①斯威伍德否认了"大众文化"（Mass Culture）的实体性存在，只有关于大众文化的意识形态，"作为一种神话，大众文化合法化了资产阶级兼具民主与极权的支配状态；作为一种理论，大众文化是空洞而贫乏的，是充满了意识形态作用的，是让人鄙夷的。"②

针对阿多诺等人对大众文化的商品化趋向的指责，后起的文化理论家分别从不同的角度进行了辨析。英国学者约翰·费斯特认为大众文化这种文化商品不同于一般商品。文化商品不仅在财经经济体制中流通，也在与之平行的文化经济体制中流通。前者流通的是金钱，后者流通的是意义和快感。在财经经济体制中，文化的接受者是被动的，而在文化经济体制中，受众就转化为主动的接受。③美国学者伯尔纳·吉安德隆在《阿多诺遭遇凯迪拉克》中几乎用同样的思路批评了阿多诺在《论流行音乐》中的观点。阿多诺在《论流行音乐》中提出了三个观点：1. 流行音乐是文化工业的商业制作，其特点是标准化和伪个性化；2. 流行音乐刺激的是被动消费；3. 流行音乐是资本主义社会的黏合剂。吉安德隆认为阿多诺对流行音乐的分析早已过时，当今的流行音乐是制作者殚精竭虑地去讨好千锤百炼、过分挑剔的听众。在这篇文章中，"凯迪拉克"既是汽车的品牌，又是20世纪50年代一支流行乐队的名字。汽车是功能性产品，伪个性化是汽车的风格，其核心是标准化的技术。而流行音乐是文本性产品，在文本性产品中，技术没有制约性的作用，突出个性、体现差异的风格却是关键的因素。而只有当音乐被大量制作成盒带时，才变成

---

① 阿兰·斯威伍德：《大众文化的神话》，冯建三译，三联书店2003年版，第8页。
② 同上，第168—173页。
③ 约翰·费斯特：《大众经济》，见罗钢、刘象愚主编：《文化研究读本》，中国社会科学出版社2000年版，第227—249页。

功能性产品。① 因此，流行音乐与大多数大众文化产品一样，不能简单地与其他商业产品相提并论。

西方对大众文化的研究，几乎每一个理论家都有自己对大众文化的看法或定义。"给文化研究下定义与给它的显而易见的研究对象——文化——下定义同样困难。但定义文化研究另外的难题还涉及文化研究既是一个概念领域，又是一个新近的学科。虽然构成文化研究的专门的研究准则没有明确建立起来，但文化研究是对一种研究方法的命名，而不是研究所有的文化。相反，它的多学科性、各种各样研究方法的组合常常决定了文化研究的定义。文化研究的定义难题始终伴随着文化研究的形成、研究对象和研究方法的建立以及对其主要贡献的评估和争论的整个过程。"② 美国学者约翰·斯托雷对西方的各种大众文化定义进行了概括：1. 大众文化是为许多人所广泛喜欢的文化。这个定义强调受众在数量上的绝对优势，但没有考虑价值判断。2. 大众文化是在确定了高雅文化之后所剩余的文化。这里注重它与高雅文化的明显区别，但忽略了两者之间的复杂关系。3. 大众文化是具有商业文化色彩的、以缺乏辨别力的消费者大众为对象的群众文化。这里主要从批判或否定意义上理解大众文化，无视它的可能的积极意义。4. 大众文化是人民为人民的文化。这里强调大众文化是"人民"自己创造的，但未能指出这种创造所受到的文化语境的深层制约。5. 大众文化是社会中从属群体的抵抗力与统治群体的整合力之间相互斗争的场所。这个定义不是把大众文化理解为一种文化实体，而是理解为不同群体之间为争夺"霸权"而进行斗

---

① 伯尔纳·吉安德隆：《阿多诺遭遇凯迪拉克》，见陆扬、王毅选编：《大众文化研究》，上海三联书店2001年版，第231页。
② Taylor, Victor, Winquist, Charles, *Encyclopaedia of Postmodernism*, London; New York: Routledge, 2001, p. 72.

争的战场,但与斗争相对的协调方面却较受忽略。6. 大众文化是后现代意义上的消融了高雅文化和大众文化之间界限的文化。这里突出了近来大众文化与高雅文化间的融会或互渗趋势,但有可能因此而抹杀其差异性。① 当然,这六种定义并不能完全涵盖西方对大众文化的所有观点。综合上述各种观点,为了下文分析 90 年代的中国大众文化的方便,我们把西方对大众文化的论述简化为六个方面的问题:1. 大众性(与少数特权阶层相对);2. 低品位(与高雅文化相对);3. 商品性或麻痹性(平面化、复制);4. 革命性或反抗性;5. 权力关系;6. 文化民主性。依据威廉斯等人的概括,大众文化的这六个问题又可以再简化为两个问题:即如何阐释和有何意义。这两个问题对应两组对立的关系:第一组是由大众文化的商品性引发的大众文化的平面化、低品位与文化(高雅文化)的艺术性、审美性的对立,同时还衍生出大众性问题、文化的民主性问题。这一组实质上是关于大众文化的阐释或性质问题。第二组是由大众文化的麻痹性/反抗性、反动性/革命性组成的对立关系,它们同时还涉及所谓的权力关系。这一组关系实质是关于大众文化的意义或社会政治功能问题。大众文化的这两组关系成为我们考察 90 年代以来中国大众文化的状况的一个参照标准——中国的大众文化具备哪些性质和功能?

二、大众文化的中国变体及大众文化研究

大众文化的中国形态产生于 90 年代以来现代化和全球化交叉缠绕的中国本土中,对它的描述只是一个个人的视角,其中不可避免地

---

① 约翰·斯托雷:《文化理论和大众文化导论》,美国佐治亚大学出版社 1998 年版,第 6—18 页,引自王一川:《当代大众文化与中国文化学》,转自"爱智论坛"网 2006—02—03 20:28。

内含了个人对90年代以来中国的大众文化的价值立场,但这种描述又以尽可能的知识追求为目标,而且这种描述也包含了笔者对大众文化研究的态度和思考。

有学者曾检讨过90年代中国学者在使用法兰克福学派的大众文化批判理论批判中国的大众文化时的语境错位,[①]这种错位除了因为研究者对中国大众文化的视角、立场或期待等原因之外,未始不是对中国大众文化的性质和功能的判断所致。正像西方的各种大众文化理论在中国存在着适用性问题一样,西方的大众文化的性质和功能并不一定在中国的大众文化中显示出来。因此,廓清中国语境中大众文化的性质和功能是大众文化研究的一项必要的工作。

1. 大众文化的性质——如何"阐释"?

大众文化的商业性/商品性,或许是90年代以后的中国大众文化与西方大众文化间最为相似之处,也是西方早期的文化研究者和中国90年代前期的文化研究者批判最为激烈、用力最多的地方。对大众文化商业性/商品性的批判可能与马克思主义对商品的经典批判有关。马克思辨析了资本主义的商品生产中使用价值与剩余价值的分离,把商品生产看做是资本主义生产的特有形式——以获取剩余价值为目的。商品具有一种与生俱来的罪恶。虽然当代社会主义理论早已突破了经典马克思的"商品生产"理论,但商品的罪恶痕迹似乎难以即刻抹去——在法兰克福学派的批判理论中、在90年代中国学者对大众文化的批判中都可以隐约地发现这一思想的惯性。即使给"商品"恢复了名誉,"文化"的商品性依然让许多批评家难以释怀。在一种精英主义的思维中,"文化"是一种远离铜臭的高雅的精神活

[①] 陶东风:《文化研究:西方与中国》,北京师范大学出版社2001年版,第37—68页。

动,让文化与金钱为伍无疑是对神圣的文化的亵渎。正是对商品和大众文化商品性的思维误区,或许还有中国的"君子耻言利"的传统,部分地造成了法兰克福批判理论在中国文化研究中的过度使用。其实,如果借用马克思的精神生产/艺术生产的观点,高雅文化依然是社会生产的一个部分,高雅文化的存在和延续必然要求进入社会的流通领域,或者说必须首先成为商品。只是这一必然的过程长久以来被高雅文化的商品化过程中的羞答答的外表和不屑一顾的姿态所掩盖,并把这外表和姿态叙述为一种本质性的普遍性的文化标准。如果说这一标准在工业时代之前的古典时期还有某种社会基础的话,那么在工业/后工业时代,以此标准衡量大众文化就显得有些专制了。大众文化产生的一个条件就是工业主义时代发达的大众传媒(机械复制/数字复制)和市场经济。在市场经济社会,一个社会产品如果不具有商品性显然是不可思议的。大众文化产品是一种特殊的商品,可以强调它的特殊性——文化文本性以至于遮蔽它的产品性;同样也可以强调它的产品性。商品性与文化文本性是作为社会产品的大众文化的两个不可分离的特质,但是,就大众文化产品的生产者/投资者来说,文化产品与社会的其他产品没有实质的区别——对于商人来说,利润是第一位的,这与我们耳熟能详的"资本家生产棉纱与生产武器没有实质区别"的说法似乎有点类似。其实,在当代社会,物质产品的消费与文化产品的消费之间的古典式的界线正在变得模糊,也就是说,大众文化产品的物质意味越来越浓,大众文化正从威廉斯所说的"艺术或智力活动"的文化转变为"作为生活方式"的文化。

但中国90年代以来的大众文化的商品性又与西方的大众文化的商品性不完全相同。这种差异源于两个因素。第一是中国的非完全的市场经济外部环境。我们承认,完全的市场经济环境没有一个绝对的普遍性的标准,即使在西方资本主义国家,市场的运行模式也不同。但这并不能成为否认中国的非完全市场经济环境的理由。我们应当不会否认这样的事实:从官方的权威话语认同和推行市场经济至今只有十年的时间,即使排除来自既得利益阶层/集团的干扰,把盘根错节的庞大的经济体制从计划经济转入市场经济,十年走完别国一百年或两百年路程,谦虚一点地说,很难。应当说,中国的大众文化并不是在一个充分的市场环境中发育,大众文化产品的商品性质并未完全体现,大众文化产品的畅销/滞销、雅俗共赏/俗不可耐、反市场规律等现象的背后可以看到非市场因素的影子——政治权力、个人权力、媒体权力等。有人从文学与市场的角度谈论市场文学的理想的/基本的生态环境,即"包括写作和阅读两种维度同时在市场关系中充分和完全自由地实现其自身"。①这种生态环境同样适用于大众文化的生产和消费,而这种环境在90年代并不具备。第二个因素是文化产业独特的国家管理方式。对文化产业给予管理是国家行使行政权力的一个方式。中国的独特性在于至今尚未允许出现民营/私营的出版社、电台、电视台、报纸。国家垄断了书号、刊号、影视编号等文化资源。90年代出现了对这些资源的转让现象,有人称作是文化的"共用空间"。②但是,这一现象并没有真正改变国家对文化生产资源的最终控制。总之,以上两种因素都决定了当代中国的大众文化的"商品性"中的"非商品性",因此,对中国的大众文化的正面/负面评价就不能简单地归于大众文化的"商品性"。

与商品性相关的大众文化的低品位、平面化、复制、无/伪风格似乎也是大众文化玷污了"文化"名声的另一罪状。当然这又是高

---

① 李洁非:《文学会被市场弄"脏"吗》,载《文汇报》,2004年7月4日。
② 戴锦华:《隐形书写——90年代中国文化研究》,江苏人民出版社1999年版,第30—32页。

雅文化/精英文化的形而上学标准。但是，如果从逻辑的观点看，纯而又纯的高雅文化其实从来就没有存在过，高雅文化从它诞生的第一天起就在其内部蕴涵了大众文化的因素。若从历史主义的角度考察，高雅文化与大众文化之间的界限并非清晰而自明。伊格尔顿在《什么是共同文化》一文中认为，高雅文化与大众文化之间的界限始终在变化、位移、被重新界定。"如利维斯将电影排除在他所说的严肃文化形式之外，但即便在一些大众文化批判家看来，电影也可以是一种艺术，像埃森斯坦的作品。相当一部分爵士音乐在今天早已被当做高雅艺术欣赏，但爵士乐在半个世纪之前被批判理论和法兰克福学派斥责为大众文化的典型形式。希区柯克在好莱坞系统内制作商业影片，但是很少有人怀疑他是极有天才的艺术家。早期的一些摇滚乐被音乐批评家视为丧失理智的胡言乱语，但随着趣味的变迁，如今焕然成为经典。"[1] 即使大众文化有平面化、复制、无风格、对高雅文化的模仿的特征，但不能否认大众文化的创新趋向。或者说，大众文化的复制、模仿或创新只是大众文化的一种策略，策略的选择取决于市场的状况和利润的追求。在市场和利润的诱惑下，我们可以看到同类题材的畅销书和影视作品、同类风格的流行音乐、创意相似的广告和电视节目等，也可以看到市场饱和之后大众文化的改弦易辙。或者说，市场就像一条疯狗，在这条疯狗前面，大众文化难以得到长时期的喘息机会，创新或重新启程是大众文化更主要的特质，当然这里依然不能用高雅文化的先锋性标准来衡量。

"大众性"、"文化民主性"可能是讨论90年代的中国大众文化最复杂、最容易出现道德化的误区之一。大众文化的"文化民主性"

---

[1] 伊格尔顿：《什么是共同文化》，转引自陆扬、王毅：《文化研究导论》，复旦大学出版社2006年版，第273页。

与"大众性"相关，限于篇幅的关系，这里主要讨论"大众性"在中国90年代语境中"能指"与"所指"的错位。我们可以分别用量和质的指标对大众文化中的"大众"这一概念进行定位：如果用量的指标，"大众"应该是指一个社会中的占大多数的成员，类似毛泽东在《讲话》中界定的占人口95%以上的"最广大的人民"、"革命的工农兵群众"；如果用质的指标，"大众"是指有一定的经济保障、接受过一定的教育、有较为充足的闲暇时间的人群。因为大众文化是进入工业化、城市化的现代社会商品经济的产物，对大众文化的消费是大众文化存在的前提，所以对这种文化的消费又必须满足上述的条件。在对"大众"的界定中，首先应满足质的规定性，但最好又能同时顾及量的标准，以免这种界定缺乏道义性和人文关怀。在西方主要工业国家，大众文化中的"大众"基本上同时满足了质与量的两个标准：西方的工业化、城市化、教育普及的水平使消费大众文化的人群就是那个社会中的多数人。但在中国，大众的质与量两个标准之间出现了历史的错位。中国社会中的大多数是农村人口，"大众"如果不包含他们就不是真正的大多数。但是，受经济和教育发展水平的限制，他们又是大众文化消费的边缘群体。这一错位使大众文化的生产者似乎面临"利与义"的矛盾：中国社会的大众/农村人口的有限消费能力，使大众文化的生产者不可能把他们作为主要消费主体，这样似乎要受到道德主义的谴责——嫌贫爱富；如果满足了道义关怀，大众文化的生产规模和利润又不能得到保证。在这一对矛盾中，大众文化的商业性最终占了上风。90年代以来中国大众文化选择了都市白领、中产阶级、成功人士、有闲少妇，为他们/她们制作了典型的消费主义的文化产品。但是，这一消费群体又是当代中国社会中的"小众"。因此，当代中国的大众文化不是"大众"（多数的）的文化，但又是现代意义上的"大众文化"。中国大众文化的批判者选择了量的标准,或批判大众文化以"小众"冒用"大众"的名义遮蔽了处于无名无语状态的沉默的大多数;①或者揭示大众文化通过对"成功人士"、"新富人"阶层的塑造与权力形成"共谋"从而完成一种"新意识形态"的建构。②这一批判性视角坚持"存在的未必就是合理的"的信念,显示了人文知识分子的道德关怀和民粹主义取向,客观上指出了当前中国大众文化的局限。另一方面,中国大众文化的研究者选择了质的标准,他们认为文化研究要面对90年代以来中国文化转型的挑战,研究现阶段大众文化对大众日常生活的影响,重建文学/文化研究与现实生活、公共领域的有机联系。③这一视角可能要冒道德的风险,因为通过对小资文化的学术研究可能会给予它合法化的地位,从而形成一种同谋关系,成为这一文化的拥护者,而2002年以来有关文化研究争论的部分文章就直指这种研究的道德立场。④

2. 大众文化的功能——有何"意义"?

西方大众文化理论对大众文化的意义和政治功能的认识经历了一个从负面到正面、从简单到复杂的过程。在利维斯看来,大众文化冲击了由精英文化(少数人的文化)建立和维护的英国传统的价值观念。法兰克福学派则从政治革命的角度哀叹大众文化对工人阶级的麻痹作用,大众文化已被资产阶级成功地收编,整合进资产阶级的意识形态中。大众文化成为工人阶级的麻醉剂和维护阶级压迫的帮

---

① 戴锦华:《隐形书写——90年代中国文化研究》,江苏人民出版社1999年版,第20、267—279页。
② 王晓明主编:《在新意识形态的笼罩下——90年代的文学和文化分析》,江苏人民出版社2000年版。
③ 陶东风:《日常生活的审美化与文化研究的兴起》,载《浙江社会科学》2002年第1期。
④ 见本章第一节第三部分的评价。

凶。伯明翰学派批判了前者对大众文化的偏见,强调大众文化作为工人阶级自己的文化的反抗性和革命性;后起的文化研究引入了阿尔都塞的意识形态理论和葛兰西的文化霸权理论,纠正了法兰克福学派的本质主义,对大众文化的分析既超越了精英主义完全批判的立场,又超越了平民主义完全认同的立场。把大众文化看做是工人阶级参与文化领导权争夺/谈判的手段。①

90 年代以来的大众文化在中国特殊的语境中可能具有比西方的大众文化更复杂、也更简单的功能和意义。从理论和实践上说,中国既不存在西方社会中与国家政权对立的工人阶级,也没有形成一个市民阶层。中国独特的社会结构提醒我们要审慎地估计 90 年代以来中国大众文化的任何政治功能——不论是麻痹性、合谋性还是反抗性、革命性。换句话说,中国的大众文化的政治意义是相当有限的。一方面,中国的大众文化还处于起步的阶段,当前的大众文化消费主体是一部分城市人口,包括所谓的城市白领、小资、中产阶级,这是一个在中国并不占量的优势的群体,而更大数量的人群处于大众文化消费的边缘。如果说,权威话语要实现借助大众文化对大众进行意识形态的控制,那么,这种大众文化必须能覆盖这个社会的大多数成员。即使如有的论者所说,中国社会出现了所谓的"中产阶级",这一阶层并不能像西方那样成为社会成员的多数,对社会变革产生决定性的影响。历史地看,中国普通大众(农村人口)的文化消费经历了一个从无到有的过程,一部分城市人口的大众文化消费的历史也并不很长,未来的大众文化还应有更大的发展空间。所以,在现有状态下,认为大众文化仅仅就是城市的酒吧、星级宾馆、高尔夫球

---

① 罗钢、刘象愚主编:《文化研究读本·前言》,中国社会科学出版社 2000 年版,第 18 页。

场，没有看到大众文化正给越来越多的人群提供休闲娱乐的多种选择，以精英主义式的偏见，把大众文化一概斥责为"小众的带菌"的文化；①或者过分强调大众文化的负面效应，夸大大众文化与主流意识形态的政治合谋功能——二者都可能忽视了普通大众本应享有的文化消费权利，使对大众文化的批判变成精英主义或道德理想主义式的对大众的讨伐。另一方面，如果说，在大众文化的兴起初期，它所表现出来的世俗化对僵化的意识形态的冲击具有一定的政治意义，那么随着90年代社会和文化的转型，大众文化的这一政治功能正逐渐消失。原因很简单，90年代以来，调整后的主流意识形态一如既往地主导文化产品（包括大众文化产品）的生产，这与它有限度地让渡一些无关宏旨的文化领域的生产并不矛盾。比如90年代后期的所谓"政治解密"书籍的出版就是一个例证。②在一个近百年来以政治文化为中心的社会中，在一个尚有许多当代政治事件处于"过度保密"的时代，这种政治解密的大众文化产品极有可能形成一个很大的市场。这类书籍在制造巨大市场和丰厚利润的同时，也会有某种解政治化的功能。当然，这类书籍的政治风险与经济收益成正比，生产者总是会小心翼翼地在两者之间权衡。但是，生产者仅仅是基于商业的考虑，也不敢使产品的政治突破走得太远。即使是对政治的无意冒犯或操作失误，也会导致一次商业上的血本无归。因此，在当前的语境中，寄望于大众文化过多的政治功能无疑显得过于乐观。

总之，中国90年代以来大众文化的意义和政治功能，与西方的大众文化相比较，既显示其错位性与复杂性，又有中国语境中的单纯性——就大众文化真正满足大多数人的文化消费这一点，中国的大

---

① 盖生：《大众文化：小众的带菌的文化》，载《文艺报》2003年3月27日。
② 参见贺桂梅：《世纪末的自我救赎之路——对1998年与"反右"相关书籍的文化分析》，载戴锦华主编：《书写文化英雄》，江苏人民出版社2000年版，第46—71页。

众文化还有很长的路要走,只有到了那个时候,可能才有条件讨论大众文化的政治功能问题。

至此,我们可以对中国形态的大众文化的特性和功能作尝试性的概括:非完全的商业性/商品性;受限制的大众性(两种指标的错位);初步的文化民主性;有限的政治性——它们构成了中国大众文化研究的起点。

三、中国的文化研究的限度

中国形态的大众文化确实出现了,虽然其中可以看到全球化时代的国际资本的影子;中国的文化研究也切实地展开了,同样其中也有西方各种文化研究理论的影响。本章把文化研究、文化批评与文艺学/文学理论/文学批评作参照、对比,意在表明,文化研究、文化批评与文艺学并非水火不相容,而是一种交叉的关系——研究对象的交叉、研究主体的交叉、方法的相互借鉴、视角的相互参照。未来的文艺学将会愈加强烈地感受文化研究带来的影响——文化研究的实践性、开放性、跨学科性和政治性特征将会吸引越来越多的人文学科的从业者和新手加入文化研究的队伍,文化研究、文化批评必将在人文学科的研究中占有一席之地。

正因为文化研究在未来人文学科研究中的强势崛起,对文化研究本身的限度、西方文化研究理论在中国的适用性、中国的文化研究的限度等问题保持一种反思式的清醒才显得尤为重要。

首先是西方文化研究的话题在中国语境中的适用性。西方的文化研究在它的发展中产生了许多研究的主题,如文化研究的历史、社会性别和性、民族性与民族特征、殖民主义与后殖民主义、种族与少数民族、阶级研究、大众文化及其对象、自我认同政治、文化与文体制、民族志与文化研究、学科政治、快感、媒体与观众研究等。这些西方的问题并非都是中国的问题。比如，英国文化研究在20世纪70年代之后，特别注重对"阶级"、"种族"、"性别"的研究。这些话题与西方60年代的学生运动、70年代的女权主义运动和反种族歧视运动，无论在内容还是在目标上都有着一种内在的联系和呼应。①而在中国，"阶级"、"种族"是被限制的话题或话语禁忌，虽然中国是一个多民族的国家，历代以来，汉族和汉族文化始终处于中心的地位，但中国的多民族被统称为中华民族，这一统称是否过滤或压抑了本应有的丰富型和复杂性？"性别"问题并不是在中国不存在，相反，中国有着十分强大的男性中心主义传统。但是，中国没有出现大规模的社会妇女运动，性别问题并未成为社会关注的焦点（近年来政府的一些立法似乎预示性别问题开始浮出水面），它至多被知识分子或女性知识分子表述，远未达到作为一个社会共识的程度。所以，性别话题在目前中国社会的发展阶段还只是一个潜在的问题。

　　其次，不应把理论"神话化"。文化研究理论出自西方，而任何一种西方的文化理论都有在中国的复杂语境中的局限性和适用性，这并不是以此为借口的封闭主义，而是呼吁充分考虑在中国独特的历史和现实中衍生的独特问题。90年代中国文化研究的兴起直接起因于90年代中国社会和文化的巨大转变，特别是商业主义、消费主义意识形态催生的大众文化的崛起。文化研究试图用一种有别于传统人文学科的开放式的视野和方法阐释中国的文化问题，并由此阐释中国的经济和政治问题。但文化研究并不是阐释中国文化问题的唯一途径，甚至说它未必能阐释中国90年代的所有文化问题，更不

---

① 罗钢、刘象愚主编：《文化研究读本·前言》，中国社会科学出版社2000年版，第22页。

用说解决现实问题。当然,这或许是对文化研究的无理要求。詹姆逊认为,文化研究是一种愿望。①这种愿望无疑就是在90年代语境中人文学者重建学术与现实之间的有机联系的一种努力。作为一门"后学科",文化研究综合了人文研究的各种方法,方法的选择只是研究的策略,方法只会开启一种可能,并不会自动地产生深刻的洞见和有力的思想。文化研究的政治性、介入性使研究主体要明确地表明自己的政治立场,但文化研究又不是简单的立场宣示,它同时也是一种学术研究。既然是学术,那么文化研究就不应该是一个无差别的整体,而是有各种声音的共时存在。在文化研究的各种声音中,研究主体应时刻警示自己视角和立场的有限性,避免在文化研究中产生任何新的学术压抑,从而走向自己的反面。

---

① 詹姆逊:《快感:文化与政治》,王逢振等译,中国社会科学出版社1998年版,第399页。

第四章　中国文论身份的想象性建构

如果从1899年梁启超提出"三界革命"（诗界革命、文界革命、小说界革命）算起，中国现代文学理论至今已有一百多年的历史。百年中国现代文学理论跨越了社会政治形态和意识形态判然有别的近代、现代和当代中国的不同阶段，用"中国现代文学理论"来指称其间未必有多少连续性的百年中国文论无疑是一个极度化约的理论命名，而百年中国的现代性追求或现代性焦虑或许是这一化约式命名的唯一学理性根据。在曲折而又庞杂的百年中国文论与延绵千载的中国古代文论之间，"现代性"划出了一条衍生出诸多意味的界线——在界线的此端，现代性的异质起源及其所裹挟的西方文论资源成为百年中国文论的一道前凸景观。但是，在20世纪90年代，源于现实层面的诸多必然或偶然因素的触动，思想界骤然出现对百年中国无可置疑的现代性追求的质疑和反思，被现代性遮蔽已久的民族性或中国文化身份在官方与学界共同推动的"国学热"和海外的新儒学的内外合力之中闪亮出场。其余波所及，一声"失语"的顿喝唤醒了此前陶醉于"中国特色的文学理论"建设的文论界，中国的文论身份问题赫然横亘在文论界面前。文论界的主流人士似乎在这一声顿喝之中幡然醒悟，对新时期以来、对"五四"以来中国现代文论抛弃祖传家珍、膜拜于西方文学理论的行为莫不痛心疾首。回归中国本土文化/文论，对中国古代文论进行"现代转换"，建立中国文论的自我身份，在世界文论中发出中国的声音等成为 90 年代中国文论一道别样的风景。

中国文化/文论身份问题应该说在中国跨入近代门槛之时就已存在，长期以来以各种形式出现的"体用之争"可以说是文化身份问题的一个侧面反映。但中国知识界对现代性话语的压倒性认同使中国文化/文论身份问题未能上升到自觉意识的层次，只有在 90 年代的现代性反思中，文论界才第一次真正完成对文化/文论身份问题的自觉。因此，中国的文论身份问题也成为 90 年代中国文论转型研究的一个话题。如果从 1996 年西安的"中国古代文论的现代转换"学术研讨会算起，文论界对文论身份问题的讨论至今将近十年，或许现在是对这一话题进行初步的检省与回顾的时候了。本章的思路是：首先分析产生中国文论身份问题的语境——全球化时代的中国文化身份建构；然后检视 1996 年以来的文论界基于中国文论身份建构这一目标而展开的"古代文论的现代转换"的成果和诘难；最后从文学理论的功能的角度分析中国文论身份问题的合理性和难度。

第一节　全球化时代的中国文化身份建构

一、"身份/认同"释义

中文中的"身份"与"认同"在英文中为同一个词"identity"，构成"identity"的主要词义是整个性、个体性、个别性、独立存在或一种确定的特性组合。"identity"作为身份/认同而成为当代核心问题之一前，首先是个逻辑/哲学问题，即"同一性"的问题。从古希腊开始,逻辑/哲学研究就注意到了"同一性"(同一律)问题。关于同一性的通常定义为:如果属于某个东西的所有性质都属于另一个东西,或者说,以一个代替另一个而不改变命题的真值,则它们是同一的。但这个定义只证明了两个东西逻辑全等,还不是极端的自身同一性。最严格意义上的同一性的约束条件比"同样本质"要多出那么一点东西,它不仅要求有形而上学上的本质或逻辑意义的全等,还要求存在论上的唯一性,必须表现为"个体"(即不可再分)。这种表现为唯一性的同一性于是具有自身封闭性,也就具有了自身的绝对性。唯一性、自身封闭、绝对性是连续成立的。①

当"identity"解释为"身份"时,即指某人标示自己为其自身的标志,或某一事物自身独有的品质,指向的是某种自我认同的同一性和这种同一性得以标示的独特标记。最普遍的身份现象是作为一种社会制度意义的身份。身份意味着社会等级、权利、权力、利益和责任。传统的等级社会倾向于把一个人的个人身份固定下来,并在对这种固定身份的事实陈述中隐藏价值判断。比如等级社会中"贵族"意味着高贵,"平民"意味着低贱,又比如西方曾经有"黑人等于低等人"这样的意识。这种在理论上的非法转换可以成为某些人拥有获利特权或者某些人被迫害和歧视的理由。这种传统的等级身份观在现代社会已被逐步解构,人成了平等的抽象的人,这是现代社会人人平等的哲学基础。②"identity"还可翻译为"认同",就是对共同或相同的东西进行确认。"认同"这个中文译词有一种"有求于外"或"向外求同"的意味。这个"外"包含了两个意义:第一,人只有在与他人的比较和辨别中,才能使自己的身份即自我特性的意识得以

---

① 赵汀阳:《认同与文化自身认同》,载《哲学研究》,2003年第7期。
② 同上。

形成，并使这种意识所参与塑造的特性呈现出来，从而获得有效的标识。第二，对人来说，特性的确定性和统一状态不是一种固有的本质，而是通过其在社会环境中不断和他身外的或未曾预料到的经验相遇，并把某些经验选择、转化为属于自身的东西，因此身份是一种建构的过程，是在演变中持续和在持续中演变的过程。①

　　身份和认同其实是同一事物的两面：身份的确立必须在自我与某一外在的标示之间建立依附关系；认同的结果则强化了某一个体/集体使自己区别于他性的身份。身份或许侧重于个体性，而认同则侧重于集体性。事实上，身份（"我/我们是谁？"）之所以成为个体无可摆脱的先在之问，就在于人之为人的社会属性，在于个体无法独立承担存在的孤独而必须外求于某种群体性。所以，身份虽然源于个体性，但最终归于集体性（认同）。或者说，在社会学的意义上，个体的身份感只是一种经验，并不构成文化/政治分析的对象，而集体的身份感（认同）才有力量，才会成为文化/政治的分析对象。能够标示个体/集体身份的是以自我为轴心的不同视角参照而形成的各种层面的差异——国家层面、地域/种族/信仰/语言层面、性别/年龄层面、阶级层面、组织或职业层面、文化层面等，并由此形成了自我的多重交叉的身份。在自我的诸多身份向度中，文化身份是最具包含性的分析概念，它也成为全球化和后殖民状态下的当代社会核心问题之一。

二、文化身份/文化认同为何成为一个"问题"？

　　如前所述，身份/认同既然是人的先在问题，那么文化身份/文化

---

① 钱超英：《身份概念与身份意识》，载《深圳大学学报（人文社会科学版）》，2000年第2期。

认同问题自然是古已有之。比如古希腊的"野蛮人"一词,从词源上来说,就是"不说话的生物",因而他们不能称作人类,或充其量只能是低等的人类。"野蛮人"或者是指"说话不清的人",他们不像古希腊人那样具有一种清晰、成熟和理性的语言。①中国古代同样有"夷夏之辨",所谓"东夷西戎、南蛮北狄"大致就是指那些汉语(中原语言)说不清楚的人。后世的"东方/西方"、"社会主义/资本主义"等,都是人们自己按照偏好和想象划分各种集体,论证各自的精神优越性和利益根据。但是,文化身份/文化认同作为一个"问题"受到人们的关注,或文化身份/文化认同危机所产生的普遍焦虑则是现代性在世界各地的展开以及全球化的后果。

在前现代社会,社会的相对封闭使社会成员的认同基本上是固定认同,即自我在某一特定的传统与地理环境下,被赋予认定之身份。它是一种固定不变的身份和属性,文化认同与种族、血缘、地缘混为一体。由于在一个封闭的社会中,文化间的接触只是一种偶然的现象,而文化间的冲突或文化危机仅仅是一种弱化的存在,文化认同所必须参照的一个强烈的"他者"几乎不存在。"在现代性之前,人们并不谈论'同一性'和'认同',并不是由于人们没有(我们称为的)同一性,也不是由于同一性不依赖于认同,而是由于那时它们根本不成问题,不必如此小题大做。"②而在现代社会,社会化大生产改变了传统社会原有的结构和运行机制,人们原来的生活方式和交往方式都发生了重大改变。"资产阶级在它已经取得统治的地方把一切封建的、宗法的和田园诗般的关系都破坏了。……它把宗教的虔诚、骑士的热忱、小市民的伤感这些情感的神圣激发,淹没在利己主

---

① 翁贝尔托·埃科:《他们寻找独角兽》,见乐黛云、勒·比雄主编:《独角兽与龙》,北京大学出版社1995年版,第1页,又见第21页。
② 查尔斯·泰勒:《现代性之隐忧》,程炼译,中央编译出版社2001年版,第48页。

义打算的冰水之中。"①现代性向世界的扩张,在催生了"世界历史"的同时,伴随而来的是对民族和地方文化传统的强行中断,资本主义文化的强势扩张,"使一切国家的生产和消费都成为世界性的了。……物质的生产是如此,精神的生产也是如此"。②20世纪80年代以来的全球化作为现代性的必然的和根本性的结果则在更深刻、更广泛的程度上加剧了现代以来的文化身份/文化认同危机。

文化身份/文化认同危机在全球化时代的加剧起因于全球化的流动性。全球化的流动性包括五个方面的文化趋势:一是由人口流动造成的种族融合。那些流动的人口包括旅游者、移民、难民、流亡者和打工仔。二是由跨国和国家公司及政府办事处所推动的技术交流,表现为机器和工厂的迁移。三是由股票交易中资金的快速周转所导致的金融一体化。四是传媒的综合,也就是集中所有图像和信息,这种趋向由报纸、杂志、电视、电影共同分担。五是意识同一化,这与一些观念的流布有关。这些观念直接联系着国家或反国家的意识形态。它们包含着西方启蒙世界观的这样理念:民主、自由、福利、权利等。③全球化的后果是对一切"天然的边界"的消解,是传统社会中最广义的文化的整体震动。对此,马克思在一个多世纪前的表述仍适用于当前全球化的震颤效果:"一切固定的古老的关系以及与之相适应的素被尊崇的观念和见解都被消除了,一切新形成的关系等不到固定下来就陈旧了。一切固定的东西都烟消云散了,一切神圣的东西都被亵渎了。人们终于不得不用冷静的眼光来看他们的生活地位、他

---

① 《马克思恩格斯选集》(第一卷),人民出版社1972年版,第253页。
② 同上,第254—255页。
③ 迈克·费瑟斯通编:《全球文化:民族主义、全球化和现代性》,伦敦塞奇1990,第6—7页。转引自乐黛云、张辉主编:《文化传递与文学形象》,北京大学出版社1999年版,第328页。

们的相互关系。"① 如此,是否可以就此推断,全球化标示着现代性/资本主义(文化)在世界各地的凯旋,标示着福山所谓的"历史的终结"?而现实却遵循着一种"吊诡"的逻辑:全球化催生了民族化,一体化刺激了区域化,强势的"他者"给文化的自我形塑提供了一个参照。20世纪90年代以来,以"民族主义"为主要内核的文化认同伴随着到处弥漫的全球化而成为席卷世界的潮流,民族主义式的文化认同正成为另一种形式的"全球化"。

三、全球化时代文化身份的建构逻辑

随着以经济为主的全球性扩张,西方的强势文化也对各个民族文化构成前所未有的冲击。甚至在西方内部,欧洲也感受到美国所创造的大众文化、文化工业、标准化生活、消费主义、政治正确,以及经过美国过分强化了的个人主义、自由主义、商业至上精神、帝国主义等"一般的"西方观念对欧洲的精致文化、精致生活和传统观念的冲击。20世纪90年代之后,随着"冷战"的结束,被两大意识形态集团斗争所遮蔽的民族主义在世界各个地区走向前台,使全球化时代的文化认同注入了民族主义的因素,也使文化身份/文化认同成为当代世界政治的核心问题之一。"我们每天都可以听到要求自身认同的呼声,各个国家、地区、教派、民族和团体都在标榜自身认同,同时又宣称它受到威胁,为了拯救自身认同而宣布了近乎圣战的战争。"② 在一个信息传输如此便捷的全球化时代,世界各地因民族文化认同而产生的文化间新的隔阂和冲突的逆向式趋势是耐人寻味的,

---

① 《马克思恩格斯选集》(第一卷),人民出版社1972年版,第254页。
② 赵汀阳:《认同与文化认同》,载《哲学研究》,2003年第7期。

它并不是因为那个美国教授的"文明冲突论"的挑拨，也不是扩散到第三世界的后殖民理论的启蒙，毋宁说是其背后实实在在的民族/国家利益。可以说，全球化时代的（民族）文化身份的建构之途无疑布满了狂热的民族主义与西方中心主义、文化相对主义与本质主义、道义价值与知识理性之间的张力和冲突所形成的一个个陷阱。因此，确立全球化时代文化身份的建构逻辑和应然态度是我们检视90年代以来中国文化/文论身份建构的前提。

1. 文化身份的建构性。

文化身份的建构性当代社会形成的是一种身份观念。与之相对的是传统的固定身份观念，这种观念认为，身份是自主而稳定的，是独立于所有外部影响的。在传统的社会内部关系中，这一身份观作为统治阶级建立的社会意识的一部分很好地维护了统治阶级的自身利益；同时它也成为那个社会的统治性的意识形态而覆盖于被统治阶级，从而成功地延续了传统社会的等级秩序。在东西方的关系中，这一身份观制造了种族/人种、地域/文化的等级神话，从而成为殖民主义话语的组成部分。

这种传统的身份观自19世纪晚期以来就不断受到质疑，特别是20世纪60年代出现的后结构/解构主义理论对传统的固定身份观进行了彻底的颠覆，从而把文化身份看做是一种社会的持续不断的建构过程。德里达认为，西方思想史自古希腊以来遵循的都是"逻各斯中心主义"，而逻各斯中心主义的实质是一种"在场的形而上学"。这种在场的形而上学设立了真/假、善/恶、客观的/主观的、确定的/隐喻的、实在的/虚构的、经验的/先验的等一系列二元对立，在这些二元对立中，第一项总是先于、支配第二项。而德里达则认为这一系列的二元对立完全是人为的设定，第一项的意义或确证要依据第二项的存在——在场依据不在场。德里达的策略是揭露这种建立在二元对立基础上的等级结构，进而颠覆它，以确保此类等级结构永远不再建立。德里达的解构理论对理解主体身份的建构性质无疑有着方法论的意义。"主体"、"自我"是西方近代以来最重要的概念之一，是最大的"在场"，也是近代西方制造的一个最大"神话"。但在德里达看来，主体的意义是布满疑问的，主体需要在一个不在场的"他者"中确认，而"他者"又需要另外一个"他者"来确认，因此这种确认实际上永远不可能完成，而是处在一个无限的"延异"过程中。拉康认为，人的自我/主体的意识完成于镜像阶段，幼儿通过对自己在镜中的影像的认识，逐渐摆脱了"支离破碎的身体"的处境，确认了自身的同一性。而这个作为主体存在的"自我"必须进入语言中才可以被表述。而语言是先于个体而出现的，有着自己固定的法则和稳定的结构，是社会的一种符号秩序。也就是说，人的自我意识/自我认同一开始就是由语言为之定位从而被社会环境/符号秩序（压抑地）建构的。福柯通过对话语、知识与权力关系的研究，认为现存的社会机制、话语、秩序、学科知识等，都不是自然而就，而始终是建构的结果。具体到身份问题，福柯认为，欧洲17、18世纪所谓的"疯子"就是社会建构起来的，社会通过对一部分人的命名（"疯狂"）和处置（建立疯人院），建构一个与之对比的"他者"，完成另一部分人身份的自我确认（精神健全者、理智者）。

如果说后结构/解构理论对传统的本质主义的主体/自我身份观的解构主要发生在西方思想史的内部，那么后殖民理论则借鉴、继承和改造了后结构/解构理论，在东西方关系的视野中解构了西方中心主义和本质主义的身份观。或者说，后殖民理论的身份观由于采取了全球化和第三世界的视角，因此，在过滤掉它最初的解构西方中心主义的针对性之后，它对审视全球化时代的民族文化身份建构问题更具启发意义。

首先，后殖民理论认为身份不但是被建构的，而且是依赖某种"他者"而建构起来的。后殖民理论质疑在东西方关系中西方中心主义所自我声称的身份的优越性和民族文化身份中的本质主义。但后殖民理论并不是在解构西方文化身份之后建立另一个本质主义的"东方身份"，这种对东方文化身份的强调与其说是本质主义的，毋宁说是一种批评的策略。萨义德认为，身份是集体经验的汇集和建构，它牵涉到与自己相反的"他者"身份的建构，而且总是牵涉到对与"我们"不同的性质的不断阐释和再阐释。每一时代和社会都重新创造自己的"他者"。因此，自我身份或"他者"身份决非静止的东西，而在很大程度上是一种人为建构的历史、社会、学术和政治过程。[1]萨义德相信，任何文化和民族认同都是变动不居的，意志坚强者四海为家，绝少对故土的依恋。精神上的漂泊是知识分子的理想家园，"对于……知识分子而言，流亡是一种模式"，它使知识分子得以获得"双重视角"，从而避免落入任何本质主义的文化陷阱中。[2]

其次，后殖民理论认为，民族文化身份的"本真性"是一种本质主义的幻象，而实际的情况可能是身份的"混杂"。来自印度的后殖民理论家霍米·巴巴用"混杂"理论分析了殖民者与被殖民者之间的关系。他认为二者的关系要比早期的萨义德和晚期的法侬所说的更为复杂、细致而且政治上模糊不清。法侬认为殖民者和被殖民者的身份和地位以稳定不变的形式存在着，彼此之间绝对不同，并总是相互冲突。巴巴借用了拉康对弗洛伊德身份形成模式的激进修正并以此作为自己的"混杂"身份理论的基础。在《纪念法侬》中，巴巴认为，在殖民关系中，身份的区分存在着一种矛盾的样式，即对他

---

[1] 爱德华·萨义德：《东方学·后记》，王宇根译，三联书店2000年版，第426—427页。
[2] 爱德华·萨义德：《知识分子论》，单德兴译，三联书店2002年版，第54—57页。

者的欲求和对他者的恐惧,这一矛盾破坏了殖民者与被殖民者以不变的、一如既往的身份存在模式。"只有通过移植(displacement)和分化(differentiation)的原则来否定任何独创和完满的感觉,身份认同才有可能。"①此外,巴巴在《民族和叙述》中还提出了民族神话的叙述理论。他认为,民族就是一种"叙述"。"民族就如同叙述一样,在神话的时代往往失去自己的源头,只有在心灵的目光中才能全然意识到自己的视野。这样一种民族或叙述的形象似乎显得不可能地罗曼蒂克并且极具隐喻性,但正是从政治思想和文学语言的那些传统中,西方才出现了作为强有力的历史观念的民族。"②既然民族是一种叙述,那么,语言本身所具有的含混性、不确定性和叙述的想象性就使民族和在此之上的文化同样充满了偶然性和不确定性。但是,按照安德森的理解,民族是一个想象的"共同体",由于这种共同体"并没有可以清晰辨认的生日",所以,对民族久远的起源的认同因无法被"记忆"就必须被叙述出来。③民族和民族文化认同的核心不是"真实与虚构"的问题,而是"认识与理解"的问题。因此,确定民族文化身份的叙述性和想象性并不是完全否认文化身份的合理性,而是使我们认识到全球化时代民族文化身份建构的复杂性。

2. 文化身份的价值立场及其限度。

在全球化的语境中,文化主体(特别是第三世界文化主体)构建自己的民族文化身份/文化认同对于打破东西方关系中的等级秩序、解构西方的种族中心主义、抵制当代文化帝国主义、提高民族凝

---

① 霍米·巴巴:《纪念法侬》,转引自吉尔伯特:《后殖民理论》,陈仲丹译,南京大学出版社2001年版,第149页。

② 霍米·巴巴编:《民族与叙述》"导言",转引自王宁:《叙述、文化定位和身份认同》,载《外国文学》,2002年第6期。

③ 本尼迪克特·安德森:《想象的共同体——民族主义的起源与散布》,吴叡人译,上海世纪出版集团2005年版,第193—194页。

聚力从而在不平等的国际竞争中谋得一个相对的有利地位,无疑具有现实的合理性和道义的正当性。

民族文化认同的理论支撑来源于人类学中的文化相对主义和后殖民理论。前文已讨论了后殖民理论对文化身份的建构性的影响,下文将从文化相对主义的角度讨论民族文化认同的价值伦理及其限度。

文化相对主义的起源可以追溯到20世纪初,由美国人类学家弗朗兹·博厄斯在20年代提出。他认为,19世纪要发现文化进化规律的企图和要把文化发展的阶段模式化的企图都是建立在不充分的经验和证据之上的。每一种文化都有自己长期形成的、独特的历史。文化不存在高低好坏、进步落后、蒙昧文明之分,"蒙昧时代"、"野蛮时代"和"文明时代"这些术语只是反映出了某些人的种族中心论观点,这些人认为他们的生活方式比其他人的生活方式更正确。[①]博厄斯创立的文化相对论学派的观点在梅尔维尔·赫斯科维茨1949年发表的《人类及其创造》一书中得到了系统的阐述。其主要观点是:第一,承认每个民族的文化都有独创性和充分的价值,反对"欧美中心主义"。自文化人类学诞生以来,进化学派和传播学派都倾向于注重人类文化的一致性,研究人类文化的共同规律,而文化相对论学派则强调文化的差异性,认为每一种文化都是一个不可重复的独立自在的体系。第二,每一个民族都具有表现于特殊价值体系中的特殊文化传统,它与其他民族的文化传统和价值标准无法比较。第三,绝对的价值标准是不存在的,一切文化的价值都是相对的,各民族的文化在价值上都是相等的,无"落后"与"进步"之别。其理论的逻辑结论是:人类历史不存在共同的规律性和统一性,只是一些各自独

---

① 博厄斯:《人类学与现代生活》,华夏出版社1999年版,第5页。

立变迁着的文化与文明的总和。①

人类学的文化相对论学派抨击了泰勒、摩尔根等人的线性进化主义，他们倡导的文化相对主义观点从人类学中溢出，对科学哲学、国际政治学等领域产生极大的影响。它对（西方）文化中心主义和种族中心主义的批判是人类认识史上的一大飞跃，它承认各种文化存在的合理性，承认世界是由不同文化组成的，对于维护世界文化的生态平衡，维护弱势文化的生存权利，促进文化间的宽容、理解和交流无疑具有积极的意义。

但是，全球化时代的民族文化认同对文化相对主义理论的借用也有一定限度的，这种限度主要集中在对文化认同中的所谓民族文化价值的不可通约性的认识上。在民族文化的认同中，既存在认知和学术的问题，也存在伦理和政治的问题。并且，文化认同极容易完成从学术到政治、从认知到伦理的演进。文化身份的自我认同是回答"我（们）是谁"的问题，这个回答表面上是以陈述语句的形式出现。但是，由于在自我认同的建构中，"他者"是一个必不可少的参照系，而且他者在原则上只能是个被贬损的对象，否则不利于自我认同的积极建构。所以，自我认同的叙述是伪装成陈述语句的价值语句。自我认同采取事实描述的形式可能是一个策略，也可能是一种假象——因为这样可以显得无可置疑，显得科学公正。也就是说，自我认同是个把自己理想化的表述。在这一表述中，对自己的民族文化的认识问题或学术问题最终回归到价值判断问题，而且是一种积极的自我文化价值判断。

文化认同由认知转为价值就出现了文化相对主义的所谓"不可

---

① 赫斯科维茨：《人类及其创造》，转引自马庆钰：《对文化相对主义的反思》，载《哲学研究》，1997年第4期。

通约"问题,即在文化之间并不存在一种共同的评判语言或价值标准,判断不同的文化行为的价值标准和是非标准只有在一定的文化参照系之内才有意义,现代文化和原始文化要解决的问题在很大程度上是不同的,它们之间没有可比性。既然如此,就不应以一种文化作为评价另一种文化的价值参照。否则就是用一种文化的设定的框架去评价另一种文化,这就等于取消了另一种文化存在的合理性和独立性。如此推演,文化相对主义就滑落为极端的相对主义,而极端的相对主义就是绝对主义、虚无主义。实际上,文化之间价值的不可通约应有一个限定,这个限定应以"人是文化的目的,而不是文化是人的目的"为原则,也就是说,文化之间存在一个最低限度的通约性或共通性,那就是文化应使人过更好的生活。食人部落的文明、遍布非洲的"女性割礼"、某些原始部落视背信弃义和冷酷仇恨为美德的风俗,从文化人类学的行为标准的角度也许是可以理解的,但从文化目的论的角度,它们都不是值得模仿和张扬的理想的文化模式。文化认同不仅仅是一个理论问题,甚至也不仅仅是价值问题,而且是一个实践问题。人类的基本理性能力所认可的生活方式和生活状况应是主体确定自己的文化身份/文化认同的最基本的出发点。虽然每一种文化和文化观念都有它出现和存在的理由,但文化身份的建构和民族文化认同不能无视"生存得更好"的底线,由此,文化认同就可以避开文化相对主义自身存在的陷阱,文化认同才不会走向极端的保守主义和狂热的民族主义而葬送文化认同自身的意义。

四、90年代的中国文化身份/文化认同问题

文化身份/文化认同是全球化时代以民族/国家为基本单位的国际政治中的一种新形式——文化政治或身份政治。在某种程度上,文

化认同更多的是第三世界或现代性后发国家,在全球化时代基于自身的现实处境,为争取平等和公正而采取的一种政治策略和文化策略。90年代发生在中国文化界、思想界的一系列现象——反思现代性、反思五四以来的激进主义、弘扬传统文化、"国学热"、海外新儒学回归国内等都或多或少、或明或隐地与中国文化身份的建构与自我认同有关。它们也成为本章所讨论的以文论"失语"与"古代文论的现代转换"为主要内容的中国文论身份建构的背景。

其实,中国文化身份文化认同成为一个"问题"并不始于20世纪90年代,而应在中国跨入近代社会门槛、中国传统文化出现危机的那一刻起,因为构成普遍性的文化认同危机的要素——现代性和文化的"他者"就出现在国门被打开之时,而文化认同是文化危机的直接后果。在某种意义上,以张之洞为代表的"中体西用"说表达了中国知识分子对本土文化身份的眷恋,它也同时意味着中国文化身份作为一个问题开始出现在中国的现代话语中。但这一问题在近代中国并没有解决,它被带入20世纪的中国思想界。20世纪以来,涉及中国文化身份的理论和实践大致可以分为四个阶段、两种类型。四个阶段分别是40年代以前[①]、50—70年代末、80年代和90年代以后。前三个阶段可以统称为守成型文化身份建构,第四个阶段可以称为开拓型文化身份建构。试分别论述之。

1. 守成型文化身份建构

中国文化的生存权原本是无可置疑、不证自明地存在的。近代以后,中国文化的这种不证自明性在中华民族的落后与挨打的现实面前被击得粉碎。在面对一个强大的他者文化(西方文化)时,中国

[①] 从20世纪初至40年代,中国至少出现8次保守的政治理论和实践,它们都与"体用"说存在逻辑的联系。参马庆钰的《对于文化保守主义的检省》(《中国人民大学学报》1997年第3期)。

文化对"他者"的态度是以一种割裂的形式出现的：心理层面的拒斥与现实层面的屈从。而近代以来以"体用"及其变体为表现形式的民族文化身份建构/文化认同的目标就是为中国本土文化在西方文化主宰的世界文化格局中争得生存权，因此它是守成型或辩护型的文化身份的建构。从近代到20世纪40年代，有关中西文化的论战或讨论基本上没有超出守成型的文化身份建构的范围。

50—70年代末，中国的文化身份是在民族的、大众的、革命的政治型文化背景中建构的。这是一种新型的中国文化身份：在面对中国传统文化方面，它强调批判、改造，清除其封建主义的成分；在对待他者文化主要是西方文化方面，它借用新型意识形态的强大的整合功能达到了心理的拒斥与现实的对抗的统一，它要完成的是对西方资本主义文化的铲除和取代。如果以文化认同主要趋向于民族的传统文化的标准来衡量这一时期的文化认同，那么我们似乎可以说它不是真正的文化认同，但它依然是一种特殊的文化身份的建构：它并不缺乏传统，只是把自己的文化身份的传统资源设定在"五四"以后的中国反帝、反封建的革命文化传统；它也并不完全拒斥他者文化，只是把他者文化资源限定在马克思主义之中，而马克思主义文化被它认为是当代西方最先进的文化，是西方文化传统在无产阶级革命时代的最新成果。虽然这种新型的文化并不缺乏在世界文化格局中的开拓雄心，但它缺少坚实的现实基础，因而更多表现出一种乌托邦的幻象。所以，它是一种有限的拒斥型文化认同。

80年代，中国的主流话语是对现代性几乎无条件的追求。对主流意识形态文化而言，80年代是不可遏止的"现代性冲动"和无所不在的"现代化叙事"。中国文化身份的建构面对的是文化认同的双重难题：中国传统文化在近代的失败和现代革命文化传统在当代的困境。于是80年代转而采取的是一种特殊的文化身份建构策略，即对自己的传统文化（古代、现代）感到自卑与不满，开始崇尚另一种文化，并竭力抛弃自己的文化，向另一种文化转变。这也就是亨廷顿所说的"文化撕裂"。80年代的"蓝色文明"论就是这种文化身份建构的典型叙述。这也是一种文化身份建构的形式，可以称之为"逆向的文化身份建构"。

虽然三个时段的文化认同在认同取向、价值标准和实践效果等方面存在巨大的差异，但其中有一贯穿始终的民族文化心理因素，就是现代性的焦虑。这种焦虑是基于对自己的后发型国家的现实位置的体认。由于它们没有获得足够的来自实践层面的有力支撑，因而并未对自己的民族传统文化在世界文化格局中的竞争寄予过多的期望。若以90年代中国文化身份／文化认同为参照，它们也可以化约地称为"非开拓型的文化认同"。

2. 开拓型文化身份建构

90年代的中国文化认同的现实背景是对现代性的反思。这种反思包含来自政治话语的反思和人文知识分子话语的反思。二者起点不同，目的不同，但手段重合。某种程度上，二者的话语可以互相借用，形成一个共用的话语空间，即它们的终点就是中国的文化身份向中国古代文化的皈依。

在政治话语层面，90年代初，国际政治格局发生了巨大变动（柏林墙倒塌、冷战结束），这一20世纪发生的最后一次巨型历史事件凸显了中国政治体制和意识形态的独特性。来自现实政治的一系列事件（1993年中国的申奥失利、1993年夏秋间的"银河号"事件、入关／入世的一再延迟）直接刺激了国内的民族主义情绪，1996年出版的两本书《中国可以说不》（中华工商联合出版社1996年版）和《妖魔化中国的背后》（中国社会科学出版社1996年版）的热销是90年代中国民族主义情绪的典型表征。它们似乎成为中国文化身份/文化认同的直接起因。但我认为这些事件只是表面的现象，至多只是提供了中国文化认同的导火索。90年代初西方对中国的"围堵"并不是中国文化认同的根本原因，因为与中国近、现代的不完整主权和建国后西方对新中国的封锁相比，90年代的系列事件的严重程度要小得多。所以，90年代中国文化认同思潮的兴起不是源于这一系列事件，而是对一百多年来中国现代性焦虑的反思。现代性反思的动因是全球化时代的民族文化自觉和90年代中国综合国力的提升。我们可以看到，近20年的改革所取得的经济成就为主流话语弘扬民族文化提供了现实的支持，而海外新儒学把东亚的经济成功归于"亚洲价值"（实质就是儒学价值）为中国文化认同提供了理论的支撑。因此，建立在现代性反思之上的90年代中国文化认同的实质不是退守型的、为中国文化求得基本的生存权的文化认同，而是在西方的现代性之外建构中国的现代性话语，在中国融入全球化的过程中分享"现代性的话语权"，从而建构政治话语的合法性身份。而"中国特色"就是对这一话语权的主动诉求。

在人文知识分子话语层面，上述90年代的一系列事件造成了人文知识分子对西方知识话语的幻灭感，他们在西方的美丽话语背后发现了丑陋的权力关系，而这些不平等的权力关系是西方强加于中国的，这大大刺激了中国知识分子的民族主义情绪，回归民族文化就成为一种道义上的选择。但是我认为这只是90年代人文知识分子文化认同的一个表面现象。因为，90年代热心于文化认同的人文知识分子的文化背景更多的是"五四"以来的现代文化和西方的知识谱系，而中国传统文化并不是他们知识构成的主要因素，所以上述事件并不能解释这些受过良好的学术训练的知识分子的文化立场为何会发生陡然转向。我认为，他们文化转向的深层原因是90年代人文知识分子政治、经济身份的双重边缘化。缺少什么就会寻找什么，人文知识分子的身份的暧昧或边缘化使他们注定要进行绝望的身份重建。西方文化似乎并没有给中国的人文知识分子带来一个确定的身份，甚至还使他们的身份在政治话语中受到质疑。于是，认同他们并不全部熟悉的中国传统文化似乎就成为人文知识分子重建身份唯一的选择。而这一选择又有意无意、或隐或显地与权力话语参与或鼓励的"国学热"、"弘扬传统文化"保持一致。人文知识分子解决自身文化身份焦虑的寻求就被转换为建构第三世界民族文化身份的宏大叙事，从而在全球化的文化交流中分享学术的话语权。

于是，我们发现，两个层面的话语基于不同的目的而选择了相同的途径，在中国的传统文化认同上达到了一致。这一新型的文化认同并不是在全球化的文化格局中仅求生存，而是有更大的期许。也许季羡林老先生的豪言——"21世纪是中国的世纪"——是90年代开拓型的中国文化认同的最好注解。

90年代的中国文化认同是一个关涉文化和政治多种因素的话题，对它的复杂性的分析和评述不是本文可以承担的工作。这里所能够指出的是文化身份/文化认同既涉及学术问题、认知问题，又涉及价值问题、伦理问题。而文化身份/文化认同的现实情形更侧重于后者，或者说，文化认同的核心是价值认同和价值观认同。指出这一点意在提示我们对文化认同中的族性和文化的纯洁性的本质主义陷阱、对文化身份的建构性和价值性、第三世界话语的限度，甚至是文化认同本身保持应有的警觉和自省，它也是我们检视90年代中国文论身份建构的依据。

第二节 "失语"与"转换":中国文论身份的建构努力

90年代中国文化身份的建构构成这一时期颇为壮观的建构中国文论身份的背景,或者说,文论身份的建构是文化身份问题在文论领域的延伸。但建构中国文论身份的前提必须是当代的中国文论丧失了身份,而"五四"以降的中国现当代文论由于大量借鉴了近、现代西方文论,于是当代文论就被认定为是在西方文论中的失语,而当代文论的失语是因为中国古代文论在当代的失语。因此,医治文论失语症的药方是一系列的逻辑推导:首先对古代文论进行现代的转换;如此,古代文论就可以在当代文论中发声;如此,中国当代文论就可以在世界文论(主要是西方文论)面前发声;如此,就可以完成中国文论身份的建构和中国文化的伟大复兴。

"失语"是对中国文论丧失身份的诊断,"古代文论的现代转换"是医治中国文论失语的药方。1996年以来,文论界的主流话语为完成古代文论的现代转换做了大量的研究,并对由此而构建中国文论的自我身份充满信心。同时,也有人对此路径和目标提出质疑。

一、"失语"的诊断及对诊断的质疑

"失语"是借用医学术语对中国现当代文论状态的一种表述和判断。这种观点可以概述为:"失语"是一种文化上的病态,主要表现为当代的中国文论完全没有自己的范畴、概念、原理和标准,没有自己的体系,也就是没有自己的话语。每当我们开口言说的时候,使用

的全是别人也就是西方的词汇和语法。而这一情形由来已久,溯其源头乃是"五四"新文化运动。因为在此之前,我们曾经有一个绵延数千年的完整而统一的传统,拥有自己的话题、术语和言说方式。遗憾的是,这个传统在"五四"的反传统浪潮中断裂了,失落了,从此我们就无可挽回地陷入了"失语"的状态,从而丧失了中西对话上的对等地位。①用曹顺庆等先生的话说就是:"我们失去了自己特有的思维和言说方式,失去了我们自己的基本理论范畴和基本运思方式"。②或如季先生所说:"我们东方国家,在文艺理论方面噤若寒蝉,在近代没有一个人创立出什么比较有影响的文艺理论体系,……没有一本文艺理论著作传入西方,起了影响,引起轰动。"。③

从学理的角度看,"失语论"本身既缺少学术上的严谨性,也没有太多的内涵,但它却是一种成功的策略,即希望引起大家对文学理论危机的重视。从提倡者的角度来看,这一目的已经达到。④由文论失语问题引发了对中国现代以来文论建构路径的反思,对80年代以来大量引进西方文论的检讨,对古文论研究的学科性质和古文论在当代中国文论建设中作用地位的重估,对未来中国文论发展方向以至全球化时代中国文化的发展方向的思考,等等。这些问题都可以在其后的"古代文论的现代转换"中见出。可以说,失语论的最大的结果就是"古代文论的现代转换"成为90年代后期文论界的一个热点话题,后文将涉及这个问题,在此不论。在"失语"论引出的问

---

① 参见曹顺庆:《21世纪中国文化发展战略与重建中国文论话语》,载《东方丛刊》,1995年第3期;曹顺庆:《文论失语与文化病态》,载《文艺争鸣》,1996年第2期;曹顺庆、李思屈:《重建中国文论话语的基本路径及其方法》,载《文艺研究》,1996年第3期。
② 曹顺庆、李思屈:《再论重建中国文论话语》,载《文学评论》,1997年第4期。
③ 参见季羡林:《东方文论选序》,载《比较文学报》,1995年第10期。
④ 参见蒋寅在《对"失语症"的一点反思》中引述曹顺庆在2003年的古代文论年会上的发言。

题效应中，也有对这一问题的质疑，试简述如下。

1. "失语论"是对后殖民理论的误用。"失语论"对中国现当代文论中充斥大量的西方文论术语和范畴的批评明显地借用了80年代后期进入我国的后殖民理论。但有的论者认为，后殖民理论传到我国后，其强烈的批判色彩却在我国的后殖民批评中演变成了一种文化复仇情绪。他们从指责西方文化霸权入手，质疑西方的价值标准和现代化模式，并认为近、现代以来的西学东渐是西方文化殖民的结果。基于此点认识，中国的后殖民理论批评力图立足中国传统，构建一套本土性话语体系，想以此来抵抗西方的话语权威，从而实现在国际文化交流中对话语权的争夺。在90年代这股富于强烈的民族主义气息的批评潮流中，"失语症"论调可谓其中的典型代表。①从思维上说，在"失语论"中存在着20世纪缠绕中国文学和文化的中西之争。虽然"失语论"者批评中国文论研究过于倚重西方文论，但它本身也是以西方的理论作为强力支撑的。它标举的是民族性的旗帜，但其强有力的资源恰恰是西方的后殖民主义。②也有论者从西化色彩最为明显的新文化运动与文学革命的分析入手，认为即使在这个运动中，中国人仍然具有文化选择的主体性，无论反传统还是西化都根植于中国文化的语法之中。对后殖民理论的借鉴并不能逻辑地导向东方各民族应该实行文化上的封闭与自我孤立，关起门来研究国粹，或者面对西方也搞一个"西方主义"。③

2. "失语论"对中国现当代文论的生成路径和成果的基本估计

---

① 熊元良：《文论"失语症"：历史的错位与理论的迷误》，载《中国比较文学》，2003年第2期。
② 叶世祥：《"文论失语症"与后殖民主义》，载《温州师范学院学报》（社会科学版），2002年第4期。
③ 高旭东：《后殖民语境中的东方文学选择》，载《文史哲》，2000年第6期。

有失偏颇。"失语论"对百年中国文论一言以蔽之式的"失语"的概括等于对百年中国文论发展成绩的全盘否定，也简化了其发展中的曲折与艰难，这无疑触动了多年从事文论研究和教学的人最敏感的神经。谭好哲从坚持马克思主义文论的立场出发，认为"以'文论失语症'与'文化病态'来概括本世纪中国文论的总体状况，显然存在着严重的失真之处和极端的片面性。此论所存在的首先问题，就是对马克思主义文艺理论在中国传播与发展的历史合理性与必然性缺乏认识，对其成就与贡献、价值和意义估计不足。论者没有对马克思主义文论做出任何分析和正面评估，给人的印象倒是马克思主义文论也是'西方话语'，当然也是'失语症'和'文化病态'的表现和产物。"[1] 蒋述卓指出："不要无限度地夸张目前文艺理论界'西化'的状况"，"马克思主义文艺理论的地位并未动摇"，"中国古典文论的研究近20年来是取得了丰硕的成果的"，对西方文论的引进并没有错，该怪我们引进之后没有融汇，没有创新；"不要片面地以为，我们现在已经完全'失语'，一点儿也没有自己的理论与批评方法"。"片面强调体系也不妥"，"不要认为实现了古代文论的现代转换就可以完全'得语'，更不可认为走自己的路，就只能是以中国古代文论的话语为基础来创建自己的理论话语。如果那样就又陷入了一种形而上学"。[2] 刘小新把"失语论"对"五四"以来中国文论的错误估计和重回古代文论看做是一种文化保守主义的情绪。文论失语说是一种总体性命题，印象式的评论与概观性成分多于具体的辨证的分析。其观点的极端性反而遮蔽了对真问题的深入探讨，比如中国古代文论在当代文学批评中的功能与角色问题、如何看待西方理

---

[1] 谭好哲：《世纪之交文艺学研究的反思与前瞻》，载《文史哲》，1997年第5期。
[2] 蒋述卓：《解放思想，认真反思，开拓创新》，载《文学评论》，1998年第3期。

论的移植与本土现实的关系。①还有论者从文论与文学、文化和现实的关系角度论证中国现当代文论借鉴西方文学理论的合理性和必要性，认为20世纪中国传统文论的"失语"，是中国文论在20世纪世界文化大背景下的必由之路。它既是中国文论痛苦而无奈的抉择，又是中国文论为追求科学精神和恢复文学尊严而作的努力，具有历史的合理性。只有对此有正确的认识，才能使我们的文论建设免于无谓的争论，脚踏实地地前进。②

3. 通过对"失语论"的语义分析，指出这一命题的含混性和学理缺陷。陈洪、沈立岩认为，"失语"这个借喻式的名目包含了不尽相同的意思。意义之一是对目前文学理论与文学批评领域混乱局面的一般性概括；意义之二是说，各种新说涌来之际，一种理解与沟通的隔膜感和转化中的无力；意义之三是指当代的中国文论完全没有自己的范畴、概念、体系，也就是没有自己的话语，每当我们开口言说的时候，使用的全是别人也就是西方的词汇和语法；没有拥有自己的话题、术语和言说方式而陷入了"失语"的状态。"失语"如果是指第一、二层意思，则这一论题并不会产生多大的争论；如果指第三种意思，它就包含了一些意义重大的价值判断，并且把解决的路径转到中国古代文论，则必然会引出不同的观点。③还有论者认为，从中国现有的文学理论现状（以文学概论式的著作为例）来看，一些基础性的问题尚未解决，一些似是而非、经不起推敲的概念至今还支撑着文学概论的骨架，要说已经借来一整套西方话语，恐怕还是个幻

---

① 刘小新：《也谈当代文学批评中的"失语"命题》，载《烟台师范学院学报》，2003年第3期。
② 赵印科：《论中国文论"失语"的无奈与历史合理性》，载《淮阴师范学院学报》，2002年第5期。
③ 陈洪、沈立岩：《也谈中国文论的"失语"与"话语重建"》，载《文学评论》，1997年第3期。

觉。如果"失语症"是指我们的当代文论真的已借用西方文论一整套话语,那么,"失语症"是个地地道道的伪命题,或者是"不能成立的命题"。①

二、"失语症"的医治:"转换"与反驳

尽管文论界对"失语论"一说存在诸多质疑,但它确实引起文论界对西方文论、古代文论与当代文论关系、中国文论的未来发展和建设等问题的思考。而90年代后期颇具规模的古代文论现代转换的研究和争论可以看做是文论"失语论"的直接结果,或是对医治"失语症"的药方的寻找。而寻找这一药方的大部分参与者代表了当代文论界的主流话语,虽然他们并非完全认同"失语论"的观点,但从整体上似乎接受了"失语论"对当代文论诊断的结论。

"古代文论的现代转换"的讨论牵涉到许多子问题,它们包括如何理解古代文论研究的学科定位、古代文论研究是否应该重"用"、古代文论有无体系、怎样实现古代文论的现代转换等。这些问题实际上都是由解决"失语"问题引发的,而解决当代文论的失语必须完成古代文论的现代转换,所以,能否实现和如何实现转换是这些问题的核心,而恰恰在这个问题上,文论界产生了较多的分歧。

讨论中支持"转换"的声音主要来自长期从事古代文论研究的学者。他们对完成古代文论的现代转换并对医治文论失语充满信心,区别只是表现在具体的步骤和策略上。

论者首先从宏观的视野审视古代文论的现代转换。曹顺庆、李思屈认为:"要立足于中国人当代的现实生存样态,潜沉于中国五千年

---

① 蒋寅:《对"失语症"的一点反思》,载《文学评论》,2005年第2期。

生生不息的文化内蕴，复兴中华民族精神，在坚实的民族文化地基上，吸纳古今中外人类文明的成果，融会中西，自铸伟辞"，"首先进行传统话语的发掘整理，使中国传统话语的言说方式和文化精神得以彰明；然后使之在当代的对话运用中实现其现代化的转型，最后在广取博收中实现话语的重建。"①刘保忠、古风认为中国古代文论的转换，要继续做好两个方面的工作："一是要'转'，带着现代文论的问题，到古代文论的宝库中去寻找参照或答案"；"二是要'换'，即用现代文论的观念和思想，对古代文论进行新的发现、开掘和阐释"，"中国古代文论的转换，即是向中国现代文论转换，即是现代化"。②张海明认为："古代文论的现代转换包括两个基本环节：一是以现代意识为参照系对古代文论的价值重新评估，找出其中仍具理论活力的部分；二是对之作现代阐释，使之得以和现代文论沟通。"③陈伯海先生赞同转换，认为比较和分解是转换过程中的两个关节点："首先必须放在古今与中外文论沟通的大视野里来加以审视，这就形成了比较的研究。""比较研究是古文论现代转换的前提，而要实现这一转换，还有赖于对古文论进行现代诠释，使古文论获得其现代意义。"④

在进入具体的转换操作中，论者提出了各自的步骤。杜书瀛先生引用了美国学者傅伟勋谈到的"创造的阐释学模型"作为古代文论现代阐释的具体操作方法：实谓——原作者实际上说了什么；意

---

① 曹顺庆等：《重建中国文论话语的基本途径及其方法》，载《文艺研究》，1996年第2期。
② 刘保忠、古风：《是谁在"转换"——再谈中国古代文论的现代转换》，载《延安大学学报》，1998年第3期。
③ 张海明：《古代文论和现代文论——关于建设有中国特色的马克思主义文艺学的思考》，载《文学评论》1998年第1期。
④ 屈雅君：《变则通，通则久——"中国古代文论的现代转换"研讨会综述》，载《文学评论》，1997年第1期。

谓——原作者（或原典）想要表达什么；蕴谓——原作者可能想说什么；当谓——我们诠释者应该为原作者说出什么；创谓——为了救活原有思想，或为了突破性的理路创新，我们必须践行什么，创造地表达什么。①郭德茂也提出古文论转换的五种操作模式：顺水推舟式、脱胎换骨式、举一反三式、嫁接生成式和另起炉灶式。②党圣元认为："在诠释与建构的过程中，第一要做到视界融合；第二要彰显对象隐藏的内在意蕴；第三尝试运用传统文论概念范畴进行思维。"③

在转换的定位上，论者有不同的看法。张少康表现出对古代典籍内涵精确性的坚决捍卫，认为"把古代的范畴原意阐释清楚，就算是一种转换了，因为这种阐释就是现代的阐释"。蔡仲翔不同意固守经典文献的原意："古代文化的范畴也可以注入新意，古代文论的范畴在发展过程中就是被不断注入新意的。儒学实际上是在曲解当中发展的，因此，现代转换不一定非要绝对地忠实古人，我们也可以通过某种'误读'和'曲解'来发展。"陈越将"转换"解释为一种"翻译"，是将古代文论翻译成一种现代学术思想文化。梁礼道认为，要实现这种转换，目前最紧迫的是两件事：一是中国古代文论的现代转换的目标地位；二是这种转换操作上的定性。④

与90年代的其他文论论争一样，文论界也出现了对古代文论的现代转换的怀疑。

首先，对能否实现"转换"表示怀疑。相福庭认为"文论转换"

---

① 杜书瀛：《面对传统：继承与超越》，见钱中文、杜书瀛、畅广元主编：《中国古代文论的现代转换》，陕西师范大学出版社1997年版，第27—28页。
② 郭德茂：《面对中国文学理论的发展》，见钱中文、杜书瀛、畅广元主编：《中国古代文论的现代转换》，陕西师范大学出版社1997年版，第115—116页。
③ 参见屈雅君：《变则通，通则久——"中国古代文论的现代转换"研讨会综述》，载《文学评论》，1997年第1期。
④ 相福庭：《文论转换：一个值得反思的话题》，载《文艺评论》，1998年第3期。

是一个值得反思的话题:"引起'文论转换'这一话题的直接动因是人们对当代中国文论的严重不满。"他批评说,主张"文论转换"是西方理论影响下的产物,与西方后现代思潮遥相呼应,从对于中国文论"失语症"的指责中,我们看到一种狭隘的民族主义情结已经暗中增长,同时,这里面也隐藏着争夺"话语权"的心理动机。他还认为,实现古文论的现代转换是不可能的,其原因有三:1. 古代文论赖以存在的土壤即古代的文言作品在当代文艺实践中已经消失;2. 中国文学创作受到外国文学的影响;3. 人们审美观念发生了变化。蒋寅也强烈地质疑"转换"说:"所谓'转换',同样也是个彻头彻尾的含糊概念,不知道是指扬弃,指阐释,还是指改造?"他同意作为阐释的"转换",反对故意改造的"转换",另一方面他又担心"学者的素质低下","转换"无法达到西方文论的高度,也就是"现代的文论"的高度,所以不如不提。他感到,在同时面对"有复杂内涵"的古代和当代"素质低下学者"的时候,"实在很难理解所谓转换的实质意义何在"。① 杨增宪深入追究了古文论失语的症结所在,认为这是特定历史文化背景下的客观必然。包括古文论失语在内的传统文化失语从表面上看是西方话语的涌入,而其深层原因则是中国传统封建农耕社会向现代民主工业社会的革命性过渡,西方话语的大量涌入也是中国社会全面变革的一种征兆和结果。中国古文论失语,一方面是因为其所依存的儒释道传统哲学美学之"道"在当代哲学美学中早已没有立锥之地,另一方面因为其所依附的古典文学样式和创作方法与观念也已经被革新和扬弃。不能将是否操作传统话语作为衡量文论是不是失语的尺度,造成中国当代文论失语更

---

① 蒋寅:《文学医院:"失语症"诊断》,载《粤海风》,1998 年第 9、10 期;《对"失语症"的一点反思》,载《文学评论》,2005 年第 2 期。

重要、更内在的原因在于我们当代文论及当代哲学美学缺少原创精神。①陈洪、沈立岩虽然认为存在着"失语",并从古代文论概念术语内涵难以确定、分体文论极不平衡、理论创新动力不足三个方面分析了"失语"的原因,但并不认为传统文论具备再生为当代主流文论的可能,这样的设想只能是一厢情愿的。

其次,对能否实现转换即解决中国文论"失语"问题表示怀疑。张峰屹显然并不对以传统文论为母体建构当代文论持乐观态度,他指出:传统文论实现现代转换的探讨者们"都忽视了一个至关重要的问题,即中国传统文论的生存土壤"。由此出发,他对"互照互释互译"即与西方文论对话的方式提出质疑:"但不知诸如'风骨'、'神韵'、'兴象'、'滋味'、'境界'、'沉郁顿挫'、'清雄奔放'等等范畴如何'互释互译'?'水中之月,镜中之象'、'饮之太和,独鹤与飞'、'不著一字,尽得风流'、'幽人空山,过水采萍。薄言情韵,悠悠天钧'等等表述又如何'互照'(且不说文化背景之不同)?""'语境'的无情巨变,实在是宣布了传统文论的历史终结。这绝不是悲观论调。作为一个传统文论研究者,我自己也不愿意承认这一严酷的事实。但我们需要冷静和客观。我想还是采取'历史的'态度,心不浮气不躁地去爬梳、整理传统文论遗产吧,那里还有大量的工作。"②罗宗强先生分析了范畴转换的几种方法:"改变语境,把古文论的范畴直接拿来,纳入新的理论框架里,与从西方学来的话语并存,所谓'杂语共生'。""用现代汉语对古文论范畴加以阐释而后运用。""改造原有范畴的内涵,而后运用。""误读、别解,也就是

---

① 杨曾宪:《关于古文论"失语"、"复语"问题的冷思考》,载《人文杂志》,1999年第5期。
② 参见陈洪等:《中国古典文论的现代转化(笔谈)》,《天津社会科学》,1997年第6期。

'六经注我'的方法。"他认为仅从这些方法着眼范畴转换,是极其困难甚至是不可能的。他还通过对曹顺庆解释"气"所做的分析,指明:"只有对古文论范畴含义的了解达到相当的清晰之后,才有可能比较正确地利用它。"对体系的转换,罗宗强先生也有看法:中国古代文论中存在着不同的体系,不同的理论,试图找到一个古文论的体系,并将其转换成现代文论体系,是很难的。"不能把建立有中国特色的文艺理论体系仅仅理解为对于古文论的话语转换,它涉及到的是如何对待整个文化传统。"①胡明则认为古今文论的距离也就是中西文论的差距,而古代文论界与现代文论界之间的关系,就如同"两班人马都在自己掘开的洞口小天地里唱歌跳舞、多情自赏,各摆弄各的工具,各称说各的话语。'转化'、'贯通'的历史要求并未落实,最多只能拿出一些用来炫耀与装饰的皮毛功绩、一堆思考与探索的半成品:模型与工事。彼此对对方的掘进方案与技术深怀疑团,结果是日长师劳,知难而退,悄然收工。——西自西,东自东,古自古,今自今。"②

第三节　文论功能:文论身份建构的逻辑起点

在古代文论的现代转换的争论中,各方的辨诘打开了对中国现代文论建构的诸多思考的空间,"失语"与"转换"作为 90 年代的中国文论中的一个重大话题似乎一时难以取得共识:转换者坚韧而沉稳地寻找中国古代文论现代转换的契机和途径,依然信心十足;质

---

① 罗宗强:《古文论研究杂识》,载《文艺研究》,1999 年第 3 期。
② 胡明:《新世纪中国文学理论体系的建构伦理与逻辑起点》,载《中国文化研究》,2002 年春之卷。

疑者虽然怀疑论题的学术性和可能性，但并不放弃在对手的建构中寻找瑕疵，甚至冷嘲热讽。由于古代文论的现代转换是90年代中国文论中有影响的一次文论论争，而其中蕴涵的对中国文论身份的诉求也成为90年代文论转型研究中的一个不可回避的话题。本人对源远流长、博大精深的中国古代文论少有研究，是一个地地道道的"门外之人"，受学力所限，难以对中国古代文论在当代文论建构中的潜力做出评估，更难以从世界文论、比较诗学的高度对中国古代文论能否以及怎样贡献于世界诗学的大融合道其一二。不过，对论争各方的大作的阅读使我受益匪浅，受到诸多启发。

一、文论何为？

"古代文论转换"的最终目的是医治中国文论的"失语症"，在一个全球化的时代构建中国当代文论的自我身份。用倡导者的语言可以概括为：21世纪将是中西文化多元对话的世纪，然而中国文论自近代以来却"全盘西化"，我们应该对中国古代文论进行现代的转换，建立中国自己的文论话语，以便在世界的文论中有自己的声音。[①]或者用一个口气更大的表述就是，将来必会有一个"具有世界格局的理论体系"，"中国将是最先向人类提供中西文艺理论大融合第一套方案的国度，这套方案的主要特点是将中国古代文论精华贡献于世界。这一方案的主要工作，也就是用现代世界性理论眼光去完成中国古代文论的现代转换工作。而且这一工作只能主要由我们中

---

① 参见曹顺庆：《21世纪中国文化发展战略与重建中国文论话语》，载《东方丛刊》，1995年第3期；曹顺庆：《文论失语与文化病态》，载《文艺争鸣》，1996年第2期。

国人来做。"①

　　古代文论的转换已经不仅仅是文论的问题，而是文论的中国身份问题，是中国文化在世界格局中的地位和荣誉问题。②因为从"转换"的倡导者的阐述中我们应该可以推出下列命题：文论的民族/国家身份是文论之为文论的第一性存在，至少在当代中国文论中是这样。我们的问题是：文论的民族/国家身份真的那么重要吗？或者说，全球化时代的中国文论仅仅是或首先是为身份而存在吗？为了回答这个问题，我们可能要先阐明如下问题：我们何以需要文学理论③或文论何为？或者说，文论有什么功能？

　　古今中外的文学理论形态各异，不同时代的不同集团出于不同的目的冀望文学理论承担形形色色的合理或无理的要求。不过，从最一般的角度，文学理论应该首先具备以下三种功能。试分而述之。

　　1. 文学理论的解释、认知功能。对各种文学现象的解释和认知是文学理论的基本功能，它实际上还可以分解为依次出现的实践性的解释—认知和学科化的解释—认知。从发生的角度，当然是先有文学的发生，后有文学理论的出现。而最初的文学以非独立的形态存在于人类的精神活动的物化形式之中。也就是说，虽然文学是一个近代/现代的概念，但文学的存在却不是近代/现代的精神事件。尽管人们对"什么是文学"从未取得过一致的意见，但这丝毫不妨碍人们对这一精神创造活动的解释和认知。历史地看，文学在不同的时期和

---

① 顾祖钊：《略论中国古代文论的现代转换》，载《人文杂志》，1997年第2期。
② "古代文论的转换"这一学理性命题中包含着明显的非学理性因素，命题中的非学理因素留待后文分析。
③ 按照余虹的分析，严格地说，"文学理论"是西方文学研究学科化之后的概念，在西方（19世纪）和中国（20世纪）都有它的时间所指性（参见余虹：《中国文论与西方诗学》，三联书店1999年版）。为了行文的方便，本文使用"文学理论"不做严格的时间区分，泛指关于文学的解释、知性思考及系统化的知识形态。

不同的社会形态中曾承担了多种功能，而这些功能实际上就是人们对文学活动的所有现象解释和认知的结果——解释和认知就是文学理论。当然这种解释和认知以何种形态存在、人们对它如何命名并不影响我们所称之的那个关于文学的理性思考本身的存在。在文学理论被学科化以前，对各种文学现象的解释和认知具有突出的实践性的特点，也就是说，这种阐释并非刻意追求知识的自洽性，它首先是满足人类对自己的这一独特的精神实践活动的认识，并反过来试图对文学的实践施以影响。这也可以叫做文学理论的"份"内功能。

2. 文学理论的价值、思想功能。文学理论是对文学活动和文学现象的解释和认知，但文学理论一旦形成之后，其功能或人们对它的期待又不会仅仅限于文学活动的范围之内，这就是文学理论的价值/思想功能。就价值而言，文学理论实际存在两种层次的价值问题。一种是在解释和认知过程中，主体的价值评价和情感的介入。这种价值的介入并非是因为文学本身具有情感因素，而是因为任何精神活动都会或隐或显地有主体的价值介入。按照库恩的考察结论，自然科学研究并不像人们通常认为的那样，科学家在从事冷冰冰的知性工作。实际的情况是，科学史上"科学共同体"对科学研究范式的选择同样有主体的情感介入。在这一意义上说，文学理论与自然科学的区别只是价值介入的一显一隐而已。它们的共同点是这种价值因素服从于整个知性活动的要求，价值介入要在文学理论的框架内以知识的有效性的形式呈现，这就是文学理论或文学批评的科学性问题。

但我们所说的文学理论的价值/思想功能主要是指这样一种功能，即在文化的框架内，文学理论是一门关涉人类精神、思想、价值的人文科学，它与其他人文科学（哲学、宗教、伦理学、历史学等）一起承担某一文化的价值观的形成、发展和更新的任务。在某个特定的时期，文学理论或许还会凸显自己的激进品格（如80年代的中国文学理论)。"文学理论可以不经介入创作而直接地作用于社会。……文学理论一旦作为独立的、自组织的和有生命的文本,她就有权力向她之外的现实讲话并与之对话。文学理论不必单以作家诗人为听众,它也可以作为理论形态的'文学'与文学作品一道向社会发言。这不是僭越,而是职责,是文学理论作为美学、作为哲学的社会职责。"① 文学理论的这种"份"外功能是文学理论的拓展功能。它使文学理论与社会生活之间保持着积极的有机联系,也使文学理论获得了在文化视野中的合法性。

3. 文学理论的学科功能。19 世纪以后,受近代科学主义派生的学术规范和现代大学教育体制的影响,文学理论开始了它的学科化进程。在对文学的各种现象的实践性解释和认知的基础上,西方追求解释和认知的客观性和精确性,仿照自然科学,文学理论用概念、范畴、法则等对文学现象的本质和规律予以说明,对文学的价值和意义予以揭示,从而构建一种具有自洽性的知识体系。20 世纪初,中国也开始了文学理论的这一学科化过程。学科化的文学理论自然离不开实践性的文学解释和认知,但是,文学理论一旦作为一个学科出现,又会与文学的实践和文学的解释、认知实践产生某种分离,获得相对独立的品格。学科化的文学理论把从实践中获得的文学解释和认知转化为相对纯粹的知识,在学科化的体制内进行知识话语的生产或再生产、知识的传递和文学阐释技能的训练。但是,学科化的文学理论毕竟是人类对文学现象认知的阶段化方式,它可能会在变动的当代学科体制中产生相应的变化,或不再叫"文学理论"甚至可能消失。② 而只

---

① 金惠敏:《没有文学的文学理论——一种元文学或者文论"帝国化"的前景》,载《文艺理论与批评》,2004 年第 3 期。
② 卡勒就认为,受当今西方所谓"文学性蔓延"或文学的终结的影响,文学理论更确切地说就是"理论"。另参见余虹:《文学理论的生死性》,载《首都师范大学学报》(社会科学版),2005 年第 1 期。

要"文学"(不是本质主义式的理解)还存在,人们就不会放弃对文学——人类的重要精神活动之一——的阐释和认知。因此,学科化文学理论的独立性并不是要抛弃或取代对生生不息的文学活动的实践性阐释,相反,它必须时刻检讨自己的纯粹知识的有效性和有限性,从而保证自己不至于离开文学解释实践太远而最终抽掉了文学理论学科的根基。因此,文学理论的学科功能可以看做是文学理论的附加功能。

由此,我们大致可以这样认为:文学理论首先是为文学现象的解释与认知而存在,其次是为参与构建一种文化生活、一种文化的价值而存在,而文学理论的学科化是一种相对次要的功能。因为系统化文学理论固然重要,但这种重要性不能从这个理论本身得到说明。至于文学理论的民族/国家身份则是文学理论实现其基本功能以后的问题了,它至多只是一个阶段性的命题。文学理论不是为身份而存在,即使是在全球化的时代——如果仅仅强调文学理论的民族/国家身份,而忽视了文学理论在解释文学现象的有效性,忽视了文学理论与社会文化生活的有机联系,那么文学理论的这种身份也只能是一件没有文化建构作用的漂亮外衣。当然,这里并没有排除文论既具备民族的身份又有解释效力和文化建构功能的可能。

二、90 年代文论的功能缺失

文论"失语症"的命题包含两个判断:新时期以来的当代文论因大量借用西方文论话语(上溯至"五四")而在世界文化/文论交流中失去了自己的声音;中国古代文论在当代文论中的失语。这两个判断是事实判断还是虚假判断、这一命题是真命题还是伪命题似乎不必匆忙下结论,暂且称之为有待论证的命题。这一有待论证的命题的唯一意义是它带出了当代文论,特别是 90 年代文论中存在的一些真问题,但是,这些问题不是"失语"一词可以概括的。我认为 90 年代文论存在的问题并不是所谓的"失语",而是文学理论功能的部分缺失。

越来越多的业内人士从不同的角度和要求对 90 年代的文论现状表示不满,文学理论(包括文学批评)对文学的解释和认知功能的萎缩或乏力是其中的一个主要方面。文学理论和文学批评似乎越来越远离当代中国的文学实践,成为与文学创作、大众的文学接受无关的行当。"文学理论的危机"或"文学理论的终结"之声时有耳闻。其实,造成当下文学理论的落魄并不全是因为文学理论自身的不思进取。90 年代的社会和文化转型、文学内部的格局重组、审美型的文学理论与文学实践中的大众审美要求的矛盾等因素,使文学理论酝酿着类似科学领域的"范式"转型。① 而完成文学理论的转型,或一种新的文论范式的生成必须要经过所谓的前范式阶段——话语多元的时期,甚至是话语混乱的时期。在这一时期,我们如何能期望一种获得高度认同的文学解释和认知的诞生?这是文学理论的"份"内功能缺失。

商业意识形态和商业消费主义的兴起是 90 年代社会和文化转型的标志之一,它们强烈冲击了传统的价值观念和生活观念。在 90 年代的商业环境中,文学理论与其他人文科学一样都经历了一个边缘化的过程,文学理论等人文科学的自身存在遭遇合法性危机。在文化的构架内,文学理论无法提出和回答社会文化生活的重大问题,其对社会的价值和思想的建构功能面临萎缩甚至丧失。这是文学理论的"份"外功能缺失。

---

① 关于 90 年代文论的现实处境,导论的第二节有论述。

与前二者形成对照的是90年代文学理论的学科功能获得空前的扩张。在中国的大学学科体制内，文艺学学科培养了一支庞大的专业队伍，建立了完备的三级学位授予机制。文学理论的学科化知识的生产也达到数量上的繁荣。在图书在版编目（CIP）中，文学理论、文学批评类的图书不计其数。文学理论教材是学科化的文学理论的主要知识形式之一。据统计，新时期以来国内翻译出版了众多的外国文学理论教材，由我国学者自行编撰的各种文学理论教材超过130种，其中大部分出版于90年代。① 在这些众多的教材中，虽然在编写模式和观念设定上不够多样化，但也从一个侧面显示了90年代以来学科化的文学理论的发展实绩。另一方面，我们也应该看到学科化的文学理论的发展和繁荣是以文学理论的阐释功能和价值功能的缺失为代价的。90年代以后，文学理论界迫于外部环境的压力，从价值和思想层面后撤，专心于文学理论的学科建设，甚至把文学理论的功能仅仅理解为文学理论的系统化的理论建构。这种对文学理论功能不正确的理解一定程度上造成文学理论的虚假繁荣，结果是文学理论更重要的功能的遗失和近年来文学理论的危机。

三、"转换"中的错位

如果说90年代文论的功能缺失这个判断大致可以成立的话，那么，它就构成"古代文论的现代转换"的现实语境。因此，"古代文论的现代转换"的有效性就必须在这两个层面验证它的"解困"能力和效果。

---

① 资料来源：程正民、程凯：《中国现代文学理论知识体系的建构》，北京大学出版社2005年版。

1. "转换"论必须首先要论证古代文论对当代文学的阐释的有效性。在坚持转换的学者中，并没有多少人对用古代文论直接解释当代文学现象的有效性持乐观态度，但更多的人却认为古代文论经过现代转换后可以用来阐释当代文学。在古代文论研究的讨论中，古代文论研究的"用"与"不用"是一个重要话题。如果研究不是为了利用，则古代文论转换已经离开了倡导者提出的以古代文论医治当代文论"失语"的主旨，谁也没有权利以实用主义的偏见去指责对古代典籍的纯学术研究。① 只有对那些坚持"用"的人，阐释的有效性才构成讨论的共同基础。但是，古代文论阐释的有效性其实是"转换"中一个并不那么容易解决的理论难题。讨论中人们提到最多的是"古为今用"的原则，可是也就仅仅停留在对原则本身的抽象阐发上。而在这个问题上，最需要的不是对原则的哲理式的阐发，而是实践，但这又是整个讨论中最缺少的。正如杨曾宪所说："窃以为说得好，不如做得好，只要古文论研究者能如其所倡导的让当代文论'重视'古文论那样，'重视'一下当代文学，有那么三、五篇漂亮的批评当代文学的文章，让那些只会操作西方话语的当代评论家们集体'失'一次'语'，那么，古文论'失语'问题就可以圆满地解决。但如果数年下来，古文论学者，把手中'好箭'统统用上，却难中鹄的，或效力难抵西式武器，真的好看不中用。那么，我们无论怎样讨论或倡导，古文论'失语'的悲剧命运都是不可逆转了。"②

杨先生实际上在给转换者提出一个难题，它不是理论应用于实践的操作问题，而是理论与实践在历史断裂之后的融合问题。文学是永恒的，文学理论作为一个关涉文学的精神活动自然会与文学一样

---

① 参见罗宗强：《古文论研究杂识》，载《文艺研究》，1999年第3期。
② 杨曾宪：《关于古文论"失语"、"复语"问题的冷思考》，载《人文杂志》，1999年第5期。

悠久。文学理论的某些命题和范畴似乎能穿越时间的隧道获得永久的阐释效力。但这只是一个理论的神话。就中国古代文论来说，它与当代文论分属不同的话语系统，古代文论中的问题未必就是中国当代文论中的问题。一个时代的文论模式显然不是文论家的虚构，虽然在文学理论经历学科化之后，文学理论家可以在文论自足性之内自创一套体系，但从文学理论的发生学和它的基本功能来看，文学理论最终不能离开对文学的实践性解释和认知。文学理论与文学之间存在一种生生不息的有机的、互证互释的联系，而在它们的背后更存在着一个时代总体的文化生活和精神生活。中国古代文论的概念、范畴、术语、行文方式和思考方式对应着中国古代的文学形态、表现方式和审美追求，也对应着中国古代农业社会慢节奏的或诗意的、封闭的社群生活。而当后二者部分或全部消失时，中国古代文论既失去了阐释对象，也失去了由以存在的基础。"五四"之后新文学的诞生差不多给中国古代文论总体阐释的有效性画上了一个句号。这不是情感问题，而是一个事实的问题。除非我们回到"五四"，从头再来，但作家也未必就是"之乎者也"似地写作。这并不是完全否定古代文论的部分命题和范畴可以解释当代文学的部分作品，比如论者常常举出"意境"之于当代某些抒情小品的解释功能。但既然如此，那何必要进行"转换"？适用者拿来就用，不适用者就顺其自然吧！

2. "转换"论要论证古代文论对中国当代思想文化生活和价值观的建构功能。中国古代文论的价值取向与中国古代文化的价值取向相关联，也与中国古代文人的生活方式、生存方式相关联。它们共同存在于中国古代传统文化之中。如果"古代文论的现代转换"这个命题可以成立，那么我们就有理由相信，与古代文论相关联的中国古代文化具备建构当代生活价值的功能。当然，民族/国家的传统文化会以它特有的方式影响着后继者（个体和群体）的文化生存和对生存的理解。它可能会以荣格所谓的"民族无意识"的方式融入后继者的血液和遗传基因中。在这一意义上，谁也无法摆脱文化传统的影响，如此，"转换"是一个根本无须论证的、类似第一原理的命题。"转换"论需要论证的显然不是在这一层面上，而是在实践的层面上的问题。也就是说，它要证明中国古代文论及其关联的文化价值对当代国人的价值建构具有实践操作的意义。但论证这一点比论证古代文论的文学阐释有效性还要难，因为，文化无法自己证明自己具有存在的合法性，只有在生存实践中才能得到证明。

当代中国的生存实践早已远离古代文论所指向的农业社会或乡村社会的生存方式，甚至在一个世纪之前已无可选择地进入"现代性"的生存方式中。尽管最初这种进入是以屈辱的、被迫的方式，但没有迹象表明，今天当我们能够自主选择生活方式之后，还会回到封闭的乡村社会。文学中诗意的返回不等于现实的返回。久处现代社会或后现代社会中的人们也许会偶发奇想，对田园牧歌式的乡村社会怀有无限的眷恋，对现代性的工业社会或信息社会进行激烈的抨击。但我们不可轻信他们，我们依然要把他们当做诗人——"浪漫主义"的诗人。建立在工业社会基础之上的现代社会虽然存在严重的贫富不均，但只有现代工业社会才能维持着财富的永恒增长，才能维持地球上庞大的居民人数。"农业社会不再是一种选择，恢复农业社会，只会使人类的大多数因饥饿被置于死地，即使少数幸存，也只能悲惨地生活在让人无法接受的贫苦之中。"[①]以工业主义为基础的现代社会，相对于农业社会来说，即使不是"进步"，也是性质完全不同的另一种社会模式。当然，从人的生存角度看，中国古代文化也是

---

① 厄内斯特·盖尔纳：《民族与民族主义》，韩红译，中央编译出版社2002年版，第52页。

关涉"人的生存"的精神成果，但这里的"人"只是一个抽象的存在。它所形成的生存价值和生存规范在一个完全不同的社会模式中并不会完全适用，有时两种不同社会形态中的价值和生存观念甚至会截然相反。因为，按照马克思的说法，不同的社会形态之间的区别是生产关系的区别，实质就是人的生存状态、价值观念的区别。所以，在当代中国，如何建构与商业社会或消费社会相适应的生存观念和价值观念的文化基础可能不会有一个现成的文化模式，但它不会是中国古代的农业文化。

以上对"古代文论的现代转换"的考察并非意在否定古代文论研究的意义和价值。古代文论研究对中国文学理论的学科化、中国文论知识的精确化无疑是有意义的，只是这种研究似乎没有那么紧迫，似乎不需文论界的倾情投入。而古代文论研究的这种有限意义和价值与倡导者所设定的目标出现错位：古代文论或转换之后的古代文论无法承担重建当代文论的重任。

四、文论身份建构的几点反思

即使不赋予那么高远的目标，中国文论身份的建构对新世纪的中国文论来说也自有其意义。正是基于对文论身份和古文论转换的这种理解，文论身份建构和"转换"讨论中引出的一些现象和问题才值得我们深思。

1. 立场的宣示的限度。构建中国文论身份是立场、态度问题，而古代文论的现代转换却是一个学术问题、有效性问题。前者似乎可以不讲道理，但最终必须讲道理，否则就是一个无效的身份。在90年代的特定语境中，倡导者使用了一种民族主义的叙述策略。如其所望，这种策略引起学界的反响。但它也有意无意地占据了意识形态的制高点，使参与者并非没有顾忌地讨论一个学术性问题，不能不说影响了讨论的自由和深入。同时，"转换"用一个不切实际的目标误导文论界去进行没有实效的研究。对一个并不那么迫切问题的大量投入浪费了学术资源，加剧了 90 年代文论与当代文学活动和文化生活之间的距离和隔阂，一定程度上阻碍了中国文论身份的建构。

2. 身份焦虑的自我调节。"失语论"和"转换论"折射的是文论界在愈益频繁的世界文化/文论交流中的身份焦虑。适度焦虑是正常的或无害的，并不会妨碍对事物的常识判断；过度焦虑就会变得异常敏感，会妨碍对事物作出常识判断。如果不把文论的民族/国家身份强调到不适当的地步，而关注文论的解释功能和对当代文化生活和精神价值的建构作用，我们就会以平常心看待、接受古今中外的一切文论，文化/文论的"族性"标准不是阐释有效性的保证。"在共享的知识平台上，来建构理论与批评，恰恰是不需要戴上民族身份的灵光圈而能做出令人信服的成果，那才是对文艺学的贡献，至于是不是'中国的'那又何妨？"[1]如果时时刻刻关注文化/文论的身份和来源，或者在接触某一区域的文化/文论时心存"敌/我"概念，就可能永远走不出身份焦虑。

3. 文论身份建构的现实与想象。中国文论身份的意识似乎是突然之间在插满了清一色欧美文论旗帜的文论界亮出的一支异色大旗。中国千年文论至近代的遽然中断、百年以来中国文论对西方文论的东方改造、古代文论在当代文论中的长久缺席无不使寻找中国自己文论身份先在地拥有一份道义的合理性。但目前对中国文论身份的

---

[1] 陈晓明：《历史断裂与接轨之后：对当代文艺学的反思》，载《文艺研究》，2004 年第 1 期。

建构又是象征意义大于实质意义。我们可能无法确定构建新的中国文论身份需要多久，或许五十年，或许一百年，但我们可以确信的是，它决不是短期内可以完成的。中国文论身份的重建之途，一方面包含了切实的累积式的前行，另一方面又在这朝圣之旅中以其朝圣的姿态而成为文论身份本身的一部分。文论身份意识的自觉并不等于文论身份建构的完成，而文论身份建构的艰巨性和长期性，也使90年代以来的文论身份的建构首先成为一种想象性的活动和立场性的表白。中国的文论身份将处于永远的流动之中，身份的追寻或许是一次永远不能到达终点的旅途。

结语：文论转型、学术论争与共同话语

对90年代的文论转型和转型中的当代西方文论影响的描述和阐释至此似乎可以暂时休止了。这种"休止"是人为的：因为"转型"只是对90年代文论的一种描述而已，而文论转型中的"问题"也是人为设定的结果；这个"休止"又是暂时的：因为即使是对这些设定的"问题"本身的描述和阐释也会随着个人的继续思考而不断敞开，同时这种观察因个人视角的局限性在敞开一些问题的同时必定会遗落某些可能很重要的问题，本书的阐释将会因其他可能更具描述力和阐释效果的视角而得到修正。因此，在匆匆穿越90年代文论的种种"问题"之后，回顾研究的路径和对"问题"之后的问题的思考是结束本书之前的最后一项工作。

一、文论转型研究中的当代西方文论

对论文写作的回顾首先遇到的问题是，把当代西方文论引入90年代的文论转型研究中是否具有合理性？我们认为，90年代的文论转型是多种因素合力推动的结果，当代西方文论无疑是促成90年代的文论转型的一个客观因素。其实，西方文化/文论早已大规模地来到我们的面前，尽管它最初是以我们无法接受的方式和途径来到中国。在20世纪90年代的世界文化的格局中，当代西方文化和文论依然是中国文化/文论无法回避的存在。中国文化"可以无视非洲文化或印度文化的存在,从不在它面前犯怯,不怕被它同化;但我们从不无视西方文化的存在,反而密切地关注它的一举一动,时常感受到来自它的威胁,担心被它同化。西方文化之于我们,既是文化革新的福音,又是文化惰性的警示,无论我们喜欢还是嫉恨它,亲近还是疏远它,我们的心都为它所牵系,这是毫无办法的事情。这里面没有什么大不了奥秘,无非是因为双方综合实力的悬殊太大,我们没有办法置身于自西(方)而东(方)的全球化大趋势之外。"① 从事实来看,西方文学和文论在中国的现当代文学和文论的形塑和构成中曾经产生重要的影响,今后可能对我们继续产生影响。今天如果要清除这种影响,建构一个纯净的中国文学和文论无疑是情绪化的民族主义的冲动。虽然西方文化可能包含或明或暗、有意无意的西方中心主义倾向和话语霸权气息,但西方文化并非一个同质的存在,况且西方文化/文论进入中国文化语境之后也并非总能实现其文化殖民的目的,对中国文化也并非总是有害无利。近年来,对90年代以来文论的各种不满之声时有耳闻。其中,"失语论"就直接批评中国现当代文论对西方文论的大量接受和借鉴。我们或许可以换一种提问方式,假如我们确实可以清除中国当代文论中的西方因素,是否真的可以解决目前文论中的问题?如果对文论的不满是基于对构建新型文论模式的渴求,那么接受和审视包括当代西方文论在内的世界文论可能是实现这一目标的前提。在世界各种文化接触日益频繁的全球化时代,一种新的文论模式——具有阐释有效性、较大的普适性、适度的理论性、较浓的方法论色彩的文论模式——不可能在无视当代世界文论

---

① 昌切:《民族身份认同的焦虑与汉语文学诉求的悖论》,载《文学评论》,2000年第1期。

（包括西方文论）的条件下关起门来建构。因此，在对西方文化/文论保持应有的警觉意识的前提下，正视当代西方文论在中国90年代文论中存在的事实，把当代西方文论作为90年代的文论转型的一个分析因子，是我们描述90年代文论转型面貌的一个不应回避的路径，也是使我们对90年代文论转型这一复杂现象的阐释具有可信性的一个不可缺少的条件。

其次，对研究中涉及的当代西方文论的选择作简单的解释。80年代以来，中国的文论界对西方各种文论的接受基本未曾中断，西方百年以来的文论以一种时空压缩的方式进入中国。一种文化关注异己文化，从来都不是仅仅对异己文化本身感兴趣，更多的是对自身的文化和生活世界有所怀疑、感到不满。但80年代以来中国文论界对西方文论的接受又不完全是深思熟虑的结果。80年代以来接受西方文化/文论的语境是历史造成的知识交流的一段空白。对西方文论的接受是中国文论发展的一个必不可少的自我积累阶段，同时这种接受也只是中国文论自身恢复和发展的一个起步的阶段。[1]因此，80年代以来进入中国的当代西方各种文论并非都能在中国文论中寻找到适宜的再生产土壤，各种眼花缭乱的西方文论未必都能在中国的语境中生成中国文论的问题，更未必能成为90年代中国文论转型的催化剂。因此，本论文一方面从总体上确认当代西方文论对90年代中国文论转型的催化作用；另一方面在具体的描述中又把当代西方文论这一外部因素置于90年代中国转型文论的社会和文化语境中，以90年代中国转型文论的具体形态为起点，反向确立本论文要讨论的当代西方文论。这样，本文仅仅涉及了对90年代文论中的文学本质、

---

[1] 南帆把中西文化交流的单向度特征称为"文化短期进修"。参见南帆：《敞开与囚禁》，山东教育出版社1999年版，第207页。

文论边界和文论身份问题产生较大影响的西方后现代理论、文化研究理论和后殖民理论。

二、文论转型：我们可以期待什么？

本论文把90年代的文论转型设定为三个问题，这三个问题从不同的侧面显示了90年代文论与80年代文论不同的问题意识和思考方式。但是这些问题在90年代的文论转型中的地位是不同的。

文学本质的播散标志着文论研究思维方式的转折，它构成90年代的文论转型中的一个首要问题。文学的本质曾经是80年代文学理论的基本问题，也是90年代文论关注的一个基本问题。不同的是90年代以前，文学本质问题被认为是文学理论的基础，并在一种"现代性"的思维中，通过哲学化的推导给予文学本质问题一个确凿无疑的回答。90年代文论对文学本质问题的关注并不是把它作为文论的一个建构性因素，而是在后现代理论的启发下，质疑文学理论回答文学本质问题的可能性和文学本质研究的价值，揭示文学本质的研究对文论其他问题的遮蔽。90年代文论中的反本质主义思潮使文论研究摆脱原有的话语模式而呈现多元化的趋势，为文学理论的转型开启了多种可能性。

文化研究和文化批评的兴起可以看做是探索文论转型的一次具体的努力。文化研究、文化批评与文学理论、审美批评有着既简单又复杂的关系。①文化研究和文化批评能否在文学理论的转型中有所作为将取决于两个因素：一是文学理论的包容力。从文学理论自身的发展历史看，文学理论从来都不排斥其他学科的成果。如果说文学理论

---

① 它们之间的关系参见本论文第二章第一节的分析。

都可以借鉴自然科学的方法和成果的话,那么,它自不应排斥与其多少有点"沾亲带故"的文化研究。文学理论如果过分强调所谓的学科规定性或纯洁性,这种强调有时会成为文学理论故步自封的借口。其实,学科性只是一个人为的知识建构,它不应成为文学理论的第一性存在从而妨碍文学理论的实质性的发展。二是文化研究和文化批评的自洽性问题。文化研究对包括文学在内的各种文本研究必须为文学研究提供可资借鉴的成果,文化批评对文学文本的解读必须打开文学批评的其他方法所无法触及的层面。也就是说,文化研究和文化批评必须以其实践层面的实绩来显示自己的存在合理性,而在此之前的关于学科边界的争论对文论的转型并不具有多大的理论意义和实践价值。

中国的文论身份问题之于90年代的中国文论是一个多少有点超前的话题,而这个话题由一个并不确切的命名(失语)引起。实际上,在90年代的语境中,即使没有提出"失语论",中国的文论身份问题也必定会进入中国文论界的视野。从中国文论的实际现状来看,目前并不具备确立中国文论身份的条件,所以谈论中国文论的身份多少有点想象的成分。但是,文论身份并不因为产生于90年代初期的文化保守主义的特定语境和它的想象性而完全失去其有限的合理性,因为任何一个渐趋成熟的文论必定会拥有或要求自己的身份。我们只是认为,中国文论的身份是中国文论行进到某个路程之后的自然而然的过程,它不是强求就能获得的。基于此,"古代文论的现代转换"大概可以用八个字概括:目标合理、效果有限。

对90年代文论转型的研究似乎不能忽略下列问题:文论怎样转型?文论转向哪里?何时完成转型?虽然我们经常可以看到许多论者胸有成竹地大胆预测,但是,如果不过分相信历史目的论,那么谁也不应轻易对上述问题作出预言式的回答。库恩通过对自然科学发展的考察，认为自然科学也并非如通常所认为的那样呈现一个发展的"特定目标"。所谓的目标只是对科学走过的路程的回顾，这种回顾就是以教科书形式出现的"表述"。①90 年代以来发生的中国文论转型不存在时间表，不存在固定的模式，甚至不存在确定的方向。这样说似乎是对文学理论的理性品格的怀疑，把文学理论降低到感性经验的水平。其实，文学理论如何发展或转型的内在依据不完全存在于文学理论自身。社会文化的发展、文学的变化、文论对文学的解释效果、文论对建构生活价值的贡献、特定时期人们对文学理论的解释效果和价值建构的要求和期待等，都会影响文学的发展或转型，而这些因素都充满了变数。因此，与其对文论转型作出一些大而无当的预测，不如回到文学，回到现象，回到具体的相关对象。也许，文论转型只有一个模糊的起点，它是一个过程，一个连模糊的终点都不存在的过程。这可能就是我们对文论转型的唯一期待。

三、学术论争与共同话语

90 年代以来的文论界发生了几次影响较大的学术论争，有的论争目前仍在继续，前文已对这几次论争作了概略的介绍和评述，这里想就学术论争与共同话语问题谈谈自己的体会。

如果说 90 年代中国文论的转型是在论争中开始，那么我们就不可避免地会遇到论争各方是否拥有共同话语的问题，借用库恩的说法就是不同"范式"之间的"通约性"问题。通过对自然科学史的考察，库恩认为，在科学史的不同阶段，会出现不同的科学共同体，

---

① 托马斯·库恩：《科学革命的结构》，金吾伦、胡新和译，北京大学出版社 2003 年版，第 127 页。

他们效忠于不同的范式。不同的范式不仅形成和决定了不同的关于世界的实体理念，而且形成和决定了不同的方法、问题、理论说明和解决问题的不同标准。总之，不存在使两个不同的范式能够被比较或评价的另外尺度，两者之间存在着"不可通约"。

库恩的范式理论虽然思考的基点是自然科学，但影响波及文化人类学、美学、文学理论、语言学等社会科学和人文科学领域。如不可通约与人类学中的文化相对主义就存在暗合性。在文论转型的讨论中，我们也许可以借用"范式"理论对我国当代文论的运行轨迹作出化约式的概括，也可以利用它给我们的启发对文论的发展作出方向性的预测。但是，库恩的"范式"理论产生于科学史的描述与概括，自然科学与包括文学理论在内人文学科又存在相当大的差异。人文学科的理论模式不具备自然科学"范式"的明晰性，人文科学的各种理论模式之间也没有自然科学不同"范式"之间的严格界线。人文学科内部不同的理论模式的不可通约应该小于自然科学，因为自然科学是面对自然界的一个个的具体的"解迷"，而人文学科面对的是以人为中心的或人的存在性问题，这些问题可能会长久地困扰从未停止思考自我存在的人类自己。

虽然一次有意义的学术论争各方会相互诘难、观点纷纭，但我们发现实际存在两类论争。一种是原有的主导话语与后起的话语之间的论争（类似于新旧范式之间的论争）；另一种是为取得自己将来的话语主导权，后起的各种话语之间的论争（竞争）。一般说来，后一种论争大致共享一种话语形态；我们的问题是，前一种论争因处于不同的话语系统中，它们之间能否达到真正的对话和交流？

具体到90年代的文论论争。由于本书的写作涉及90年代的几次影响较大的论争，也使我有机会详细阅读了许多论争性的文章。从总体上看，90年代的文论转型离不开这一时期相对自由的学术争鸣。

虽然几次论争一时难以达成共识，但论争各方基本上能恪守学术底线，倾听对方的阐述、解释或驳难，使论争能从容地进行。尤其是论争不仅仅涉及具体的学术观点，而且还涉及不同的思维方式之间的"较量"，所以，对那些坚守原有话语模式的人应与那些成功跨越旧话语模式的人保持同样的尊重。[①]但是，在论争的文字中也存在一些不是学术层面的问题，而是心理问题或宽容问题。比如，《汕头大学学报》（人文社会科学版）2004年第5期发表了一篇讨论文论现状和未来的文章。文章的作者是一位从事文论研究的前辈学者，文章批评了当代文论过分借用西方文论的现象。本来，对当代文论的这一现象的讨论或批评是文论研究者不证自明的自由和权利，如果通过敏锐的观察、缜密的逻辑推理切中当代文论存在的偏差，未始不是对文论讨论走向清明理性的一个贡献。但是文章不恰当地使用了一些词汇，如"贩卖"、"西方文化的买办"、"一知半解的搬用和卖弄"、"追名逐利"等，读来分明能感受到作者的怒气。这就使讨论就变成了郁闷和不满的自由发泄（当然换在日常生活的场景并不过分，只要不妨碍他人）。所以，自由的学术论争不能缺少必要的宽容。没有宽容，论争就会被情绪所左右，就难以进入对方话语的内部，难以发现这一理论所回避的或无法解释的反例。如此，论争就无法推进认知、推进学术性的增长（或许还会造成学术资源的浪费）。因此，自由的论争并不直接保证学术的增长或繁荣，它至多只是一个必要的条件。以宽容的心态，寻求建立最低限度的共同话语，从而推进对问题的认知以至解决，这才是自由的学术论争的真正价值。难道我们不应对此有所期待吗？

[①] 库恩在《科学革命的结构》中引述了在量子力学理论发表之后一位物理学家的毁灭性的感受，以此说明自然科学家经常不可能完成范式的转变。见《科学革命的结构》，北京大学出版社2003年版，第136页。

参考文献

一、中文译著：

《马克思恩格斯选集》（第一卷），人民出版社 1972 年版。

韦勒克、沃伦：《文学理论》，刘象愚等译，三联书店 1984 年版。

刘若愚：《中国的文学理论》，赵帆声译，中州古籍出版社 1986 年版。

科恩编：《文学理论的未来》，中国社会科学出版社 1993 年版。

库恩：《科学革命的结构》，金吾伦、胡新和译，北京大学出版社 2003 年版。

德里达：《书写与差异》，张宁译，三联书店 2001 年版。

詹姆逊：《后现代主义文化逻辑》，唐小兵译，陕西师范大学出版社 1986 年版。

詹明信：《晚期资本主义的文化逻辑》，三联书店 1997 年版。

米勒：《重申解构主义》，郭英剑译，中国社会科学出版社 1998 年版。

利奥塔尔：《后现代状态》，车槿山译，三联书店 1997 年版。

利奥塔：《后现代与公正游戏》，谈瀛洲译，上海人民出版社 1997 年版。

福柯：《知识考古学》，谢强、马月译，三联书店1998年版。

伊格尔顿：《二十世纪西方文学理论》，伍晓明译，陕西师范大学出版社1986年版。

伊格尔顿：《文学原理引论》，刘峰译，文化艺术出版社1987年版。

伊格尔顿：《后现代主义的幻象》，华明译，商务印书馆2002年版。

伊格尔顿：《文化的观念》，方杰译，南京大学出版社2003年版。

萨义德：《东方学》，王宇根译，三联书店1999年版。

萨义德：《知识分子论》，单德兴译，三联书店2002年版。

萨义德：《文化与帝国主义》，李琨译，三联书店2003年版。

卡勒：《文学理论》，李平译，辽宁教育出版社1998年版。

卡勒：《论解构》，陆扬译，中国社会科学出版社1998年版。

德里克：《跨国资本主义时代的后殖民批评》，王宁译，北京大学出版社2004年版。

罗钢、刘象愚主编：《文化研究读本》，中国社会科学出版社2000年版。

罗钢、刘象愚主编：《后殖民主义与文化理论》，中国社会科学出版社1999年版。

伊哈布·哈山：《后现代的转向——后现代理论与文化论文集》，刘象愚译，台北时报文化出版企业有限公司1993年版。

凯尔纳、贝斯特：《后现代理论——批判性的质疑》，张志斌译，中央编译出版社2004年版。

凯尔纳、贝斯特：《后现代转向》，陈刚译，南京大学出版社2002年版。

吉登斯：《现代性与自我认同》，赵旭东等译，三联书店1998年版。

吉登斯：《现代性的后果》，田禾译，译林出版社2000年版。

布洛克曼：《结构主义：莫斯科—布拉格—巴黎》，李幼蒸译，商务印书馆1980年版。

威廉斯：《关键词——文化与社会的词汇》，刘建基译，三联书店2005年版。

爱克曼辑录：《歌德谈话录》，吴象婴等译，上海社会科学院出版社2001年版。

史景迁：《文化类同与文化利用》，廖世奇等译，北京大学出版社1999年版。

吉尔伯特：《后殖民理论》，陈仲丹译，南京大学出版社2001年版。

北京师范大学中文系比较文学研究组编：《比较文学研究资料》，北京师范大学出版社1986年版。

干永昌编：《比较文学研究译文集》，上海译文出版社1985年版。

昂热诺等主编：《问题与观点》，史忠义、田庆生译，百花文艺出版社2000年版。

亨廷顿：《文明的冲突与世界秩序的重建》，周琪等译，新华出版社2002年版。

雅各比：《最后的知识分子》，洪洁译，江苏人民出版社2002年版。

鲍曼：《立法者与阐释者》，洪涛译，上海人民出版社2000年版。

格里芬：《后现代精神》，王成兵译，中央编译出版社1998

年版。

格里芬：《后现代科学：科学魅力的再现》，马季方译，中央编译出版社 2004 年版。

格里芬：《超越解构：建设性后现代哲学的奠基者》，鲍世彬译，中央编译出版社 2002 年版。

费瑟斯通：《消费文化与后现代主义》，刘精明译，译林出版社 2000 年版。

卡林内斯库：《现代性的五副面孔》，顾爱彬、李瑞华译，商务印书馆 2003 年版。

马尔库塞：《单向度的人》，刘继译，上海译文出版社 1989 年版。

马尔库塞：《爱欲与文明》，黄永、薛民译，上海译文出版社 1987 年版。

霍克海默：《批判理论》，李小兵译，重庆出版社 1989 年版。

泰勒：《现代性之隐忧》，程炼译，中央编译出版社 2001 年版。

博厄斯：《人类学与现代生活》，华夏出版社 1999 年版。

费斯克：《理解大众文化》，王晓珏、宋伟杰译，中央编译出版社 2001 年版。

费斯克：《解读大众文化》，杨全强译，南京大学出版社 2001 年版。

鲍尔德温等：《文化研究导论》，陶东风等译，高等教育出版社 2004 年版。

斯威伍德：《大众文化的神话》，冯建三译，三联书店 2003 年版。

陆扬、王毅选编：《大众文化研究》，上海三联书店 2001 年版。

艾柯等：《诠释与过度诠释》，王宇根译，三联书店 1997 年版。

安德森：《想象的共同体》，吴叡人译，上海世纪出版集团 2005 年版。

盖尔纳：《民族与民族主义》，韩红译，中央编译出版社 2002 年版。

二、中文著作：

钱中文：《文学理论：走向交往对话的时代》，北京大学出版社 1999 年版。

童庆炳主编：《文学理论教程》，高等教育出版社 2004 年版。

王一川：《文学理论》，四川人民出版社 2003 年版。

南帆主编：《文学理论新读本》，浙江文艺出版社 2002 年版。

陶东风主编：《文学理论基本问题》，北京大学出版社 2004 年版。

程正民、程凯：《中国现代文学理论知识体系的建构》，北京大学出版社 2005 年版。

罗钢：《历史汇流中的抉择》，中国社会科学出版社 2000 年版。

余虹：《革命·审美·解构——20 世纪中国文学理论的现代性和后现代性》，广西师范大学出版社 2001 年版。

余虹：《中国文论与西方诗学》，三联书店 1999 年版。

杨俊蕾：《中国当代文论话语转型研究》，中国人民大学出版社 2003 年版。

杨飏：《90 年代文学理论转型研究》，中国社会科学出版社 2001 年版。

钱中文、李衍柱编：《文学理论：面向新世纪》，山东人民出版社 1997 年版。

金元浦、陶东风：《阐释中国的焦虑》，中国国际广播出版社1999年版。

邢建昌：《世纪之交中国美学的转型》，河北教育出版社2001年版。

刘小枫：《现代性社会理论绪论》，上海三联书店1998年版。

李欧梵：《中国现代文学与现代性十讲》，复旦大学出版社2002年版。

王德威：《想象中国的方法》，三联书店2003年版。

汪晖：《死火重温》，人民文学出版社2000年版。

王岳川：《后现代主义后殖民主义在中国》，首都师范大学出版社2002年版。

陈晓明编：《后现代主义》，河南大学出版社2004年版。

陈晓明编：《现代性与中国当代文学转型》，云南人民出版社2003年版。

陈晓明、杜鹏：《结构主义与后结构主义在中国》，首都师范大学出版社2002年版。

孟繁华：《众神狂欢——当代中国的文化冲突问题》，今日中国出版社1997年版。

盛宁：《人文困惑与反思》，三联书店1997年版。

徐贲：《走向后现代与后殖民》，中国社会科学出版社1996年版。

王治河：《扑朔迷离的游戏——后现代哲学思潮研究》，社会科学文献出版社1998年版。

张国义选编：《生存游戏的水圈》，北京大学出版社1994年版。

杨武能：《歌德与中国》，三联书店1991年版。

陈惇、刘象愚：《比较文学概论》，北京师范大学出版社2000

年版。

乐黛云、勒·比雄主编：《独角兽与龙》，北京大学出版社1995年版。

乐黛云、张辉编：《文化传递与文学形象》，北京大学出版社1999年版。

金元浦编：《文化研究：理论与实践》，河南大学出版社2004年版。

冯俊等：《后现代主义哲学讲演录》，商务印书馆2003年版。

王岳川编：《中国后现代话语》，中山大学出版社2004年版。

王岳川：《中国镜像：90年代文化研究》，中央编译出版社2001年版。

吴弦：《中国当代文化批判》，上海学林出版社2001年版。

刘禾：《跨语际实践》，三联书店2002年版。

刘禾：《语际书写：现代思想史写作批判纲要》，上海三联书店1999年版。

张颐武：《从现代性到后现代性》，广西教育出版社1997年版。

张法：《走向全球化时代的文艺理论》，安徽教育出版社2005年版。

曹顺庆：《中西比较诗学》，北京出版社1988年版。

王元化：《九十年代反思录》，上海古籍出版社2001年版。

陈平原：《当代中国人文观察》，人民文学出版社2004年版。

陈平原：《书生意气》，汉语大词典出版社1996年版。

王晓明编：《人文精神寻思录》，文汇出版社1996年版。

王晓明编：《批评空间的开创》，东方出版中心1998年版。

陶东风：《文化研究：西方与中国》，北京师范大学出版社2001年版。

陶东风：《社会理论视野中的文学与文化》，暨南大学出版社2002年版。

王晓明主编：《在新意识形态的笼罩下》，江苏人民出版社2000年版。

戴锦华：《隐形书写——90年代中国文化研究》，江苏人民出版社1999年版。

戴锦华主编：《书写文化英雄》，江苏人民出版社2000年版。

陆扬、王毅：《文化研究导论》，复旦大学出版社2006年版。

张汝伦：《意义的探究：当代西方释义学》，辽宁人民出版社1986年版。

丁子江：《思贯中西》，中国工人出版社2003年版。

许纪霖：《寻求意义：现代化变迁与文化批判》，上海三联书店1997年版。

许纪霖：《中国知识分子十讲》，复旦大学出版社2003年版。

陶东风：《社会转型与当代知识分子》，上海三联书店1999年版。

钱中文、杜书瀛、畅广元主编：《中国古代文论的现代转换》，陕西师范大学出版社1997年版。

童庆炳：《中国古代文论的现代意义》，北京师范大学出版社2001年版。

张海明：《回顾与反思：古代文论研究七十年》，北京师范大学出版社1997年版。

张婷婷：《中国20世纪文艺学学术史（第四部）》，上海文艺出版社2001年版。

殷国明：《20世纪中西文艺理论交流史》，华东师范大学出版社1999年版。

陈厚诚、王宁主编：《西方当代文学批评在中国》，百花文艺出版社 2001 年版。

徐友渔：《"哥白尼式"的革命：哲学中的语言学转向》，上海三联书店 1994 年版。

吴晓明编选：《德赛二先生与社会主义——陈独秀文存》，上海远东出版社 1994 年版。

三、英文著作：

Rice, Philip, *Modern Literary Theory*: *a reader*, London: E. Arnold, 1992.

Selden, Raman, et., *A Reader Guide to Contemporary Literary Theory*, London; New York: Prentice Hall/Harvester Wheatsheaf, 1997.

Taylor, Victor, Winquist, Charles, *Encyclopaedia of Postmodernism*, London; New York: Routledge, 2001.

Wolfreys, Julian, *Key Concepts in Literary Theory*, Edinburgh, Scotland: Edinburgh University Press, c2002.

Zima, P. V., *The Philosophy of Modern Literary Theory*, New Brunswick, N, J.: Athlone Press, 1999.

后记

为这本小书写一篇后记,并不是要对本书的内容再画蛇添足,也不是要回味自己为此所付出的劳动,而是因为本书是在博士论文的基础上修改而成的。这篇博士论文是我求学过程的一个结果,其间众多的人给予了我温馨的支持和帮助,愿意借此机会向他们表达我的感激与谢意!

论文能如期完成,首先要特别感谢我的导师刘象愚先生。多年以前,刘老师审议过我撰写的关于马尔库塞的硕士论文,参加了我的硕士论文答辩。记得我去取修改意见的那个晚上,在刘老师家狭小的客厅,刘老师和我长谈到深夜——谈论文、谈西马、谈读书。多年以后,有幸在刘老师的直接指导下完成博士生阶段的学习,刘老师渊博的学识、学者的风范、长者的宽容让我受益不尽。虽然现在刘老师已经退休,但正忙于偿还多年欠下的"债务"。当这本书即将出版之际,我犹豫地请他为本书作序,他欣然应允。感动之余,我把这一切看做是"师生的缘分"。

我要感谢我的硕士导师梁仲华先生。20多年以前,正是先生把我领入了文论学习和研究的这块天地。毕业以后,先生一直关心我的工作和生活。当我再次回到北师大读书时,先生经常询问论文的写作进度,毫无疑问,论文的如期完成与先生的督促有关。

当然,我还要感谢北京师范大学文学院比较文学与世界文学研究所陈惇先生、吴泽霖教授，清华大学罗钢教授、陈永国教授，北京大学周小仪教授，社科院周启超研究员、王逢振研究员、史忠义研究员，他们在论文的开题、写作和答辩过程中提出过许多宝贵的、建设性的意见。

值得一提的是，我在北师大学习期间得到我所有的老师、同窗和朋友的支持和帮助。特别是北师大 A 座 1024 室的两位室友，他们充实了我最后阶段的集体生活。他们的思想火花给论文的写作以诸多的启示。

我还要感谢我的妻子关力女士以及女儿的关心和支持，我三年博士阶段的读书和写作似乎已经成为她们生活的一部分。

最后，感谢为本书的出版提供资助的东莞理工学院城市学院，感谢中央编译出版社的同志为本书的出版所付出的辛勤劳动。

2009 年 5 月于东莞

图书在版编目(CIP)数据

九十年代中国文论转型:接受研究的视角/陈庆祝著.
—北京:中央编译出版社,2009.7
ISBN 978-7-5117-0011-7

Ⅰ.九…
Ⅱ.陈…
Ⅲ.文学理论-文学研究-中国
Ⅳ.I206
中国版本图书馆 CIP 数据核字(2009)第 155990 号

九十年代中国文论转型:接受研究的视角

出 版 人	和 龑
责任编辑	王忠波
责任印制	尹 珺
出版发行	中央编译出版社
地　　址	北京西单西斜街 36 号(100032)
电　　话	(010)66509360(总编室)　(010)66509367(编辑室)
	(010)66161011(团购部)　(010)66130345(网络销售)
	(010)66509364(发行部)　(010)66509618(读者服务部)
网　　址	www.cctpbook.com
经　　销	全国新华书店
印　　刷	北京瑞哲印刷厂
开　　本	787×1092 毫米　1/16
字　　数	168 千字
印　　张	14
版　　次	2009 年 7 月第 1 版第 1 次印刷
定　　价	38.00 元

本社常年法律顾问:北京大成律师事务所首席顾问律师　鲁哈达
凡有印装质量问题,本社负责调换。电话:(010)66509618